キミと僕の最後の戦場、あるいは世界が始まる聖戦 12
the War e
raises the
「今さら何の話だ。クロ」
JN032430
エヴ・ソフィ・ネビュリス
Eve Sophi Nebulis
クロスウェルの義姉であり、最大最強の星霊を宿した星霊使いの始祖。百年前の悲願を成就すべく帝国へと向かう

「――私が創るのです。
真に優しき星霊使いの楽園を」
イリーティア・ルゥ・
ネビュリス9世
Elletear Lou Nebulis IX
ネビュリス皇庁女王ミラベアの長女で、アリスリーゼやシスベルの姉。弱い星霊使いも平等に認められる『星霊使いの楽園』の創造を目指し、帝国皇庁の一切合切すべての破壊を目論む

「俺の主だ。手を出さないでもらいたい」
ヨハイム・レオ・アルマデル
Johaim Leo Armadel
使徒聖・第一席『瞬』の騎士ヨハイム。帝国軍の中枢に籍を置きながら、イリーティアに忠誠を誓う裏切りの使徒聖。魔女を守る騎士として、イスカ達の前に立ちはだかる

「――わたしと戦争をしましょう」
ッシング・ゾア・
ビュリス9世
ssing Zoa Nebulis IX
ビュリス三血族の一つであるゾア家の秘
っ子であり、「棘」の星霊を宿す純血種。
大な敵・イリーティアとの出会いにより心
に変化がもたらされる

キミと僕の最後の戦場、あるいは世界が始まる聖戦12

細音 啓

ファンタジア文庫

3127

口絵・本文イラスト　猫鍋蒼

キミと僕の最後の戦場、あるいは世界が始まる聖戦 12

the War ends the world / raises the world

So Se lu, uc song lishe thac mihas.
痛みよりも強い愛

deus E gfend mihas thac elphe gfend vel hem-Ye-r-arsia Zill fears?
誰より痛みを恐れるあなたは、まだ触れて傷つくことを恐れるの？

solit kis mihas thac mihas. E yum vilis Uho.
痛みより痛いものがある。あなたはそれを知るでしょう。

機械仕掛けの理想郷

「天帝国」

イスカ

Iska

帝国軍人類防衛機構、機構III師第907部隊所属。かつて最年少で帝国の最高戦力「使徒聖」まで上り詰めたが、魔女を脱獄させた罪で資格を剥奪された。星霊術を遮断する黒鋼の星剣と、最後に斬った星霊術を一度だけ再現する白鋼の星剣を持つ。平和を求めて戦う、まっすぐな少年剣士。

ミスミス・クラス

Mismis Klass

第907部隊の隊長。非常に童顔で子どもにしか見えないがれっきとした成人女性。ドジだが責任感は強く、部下たちからの信頼は厚い。星脈噴出泉に落とされたせいで魔女化してしまっている。

ジン・シュラルガン

Jhin Syulargun

第907部隊のスナイパー。恐るべき狙撃の腕を誇る。イスカとは同じ師のもとで修行していたことがあり、腐れ縁。性格はクールな皮肉屋だが、仲間想いの熱いところもある。

音々・アルカストーネ

Nene Alkastone

第907部隊のメカニック担当。兵器開発の天才で、超高度から徹甲弾を放つ衛星兵器を使いこなす。素顔は、イスカのことを兄のように慕う、天真爛漫で愛らしい少女。

璃洒・イン・エンパイア

Risya In Empire

使徒聖第５席。通称「万能の天才」。黒縁眼鏡にスーツの美女。ミスミスとは同期で彼女のことを気に入っている。

魔女たちの楽園

「ネビュリス皇庁」

アリスリーゼ・ルゥ・ネビュリス９世

Aliceliese Lou Nebulis IX

ネビュリス皇庁第２王女で、次期女王の最有力候補。氷を操る最強の星霊使いであり、帝国からは「氷禍の魔女」と恐れられている。皇庁内部の陰謀劇を嫌い、戦場で出会った敵国の剣士であるイスカとの、正々堂々とした戦いに胸をときめかせる。

燐・ヴィスポーズ

Rin Vispose

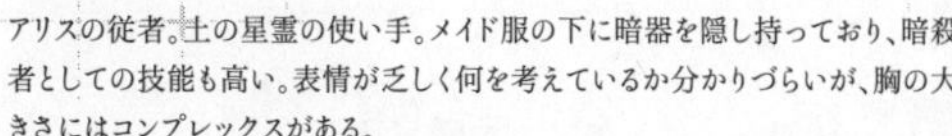

アリスの従者。土の星霊の使い手。メイド服の下に暗器を隠し持っており、暗殺者としての技能も高い。表情が乏しく何を考えているか分かりづらいが、胸の大きさにはコンプレックスがある。

シスベル・ルゥ・ネビュリス９世

Sisbell Lou Nebulis IX

ネビュリス皇庁第３王女で、アリスリーゼの妹。過去に起こった事象を映像と音声で再生する「灯」の星霊を宿す。かつて帝国に囚われていたところを、イスカに助けられたことがある。

仮面卿オン

On

ルゥ家と次期女王の座を巡って争うゾア家の一員。真意の読めない陰謀家。

キッシング・ゾア・ネビュリス

Kissing Zoa Nebulis

ゾア家の秘蔵っ子と呼ばれる強力な星霊使い。「棘」の星霊を宿す。

サリンジャー

Salinger

女王暗殺未遂の咎で囚われていた、最強の魔人。現在は脱獄している。

イリーティア・ルゥ・ネビュリス９世

Elletear Lou Nebulis IX

ネビュリス皇庁第１王女。外遊に力を入れており、王宮をあけていることが多い。

the War ends the world / raises the world

CONTENTS

Prologue.1　『星の曇る夜』

大陸を縦断する大陸鉄道。

世界最大の国家「帝国」に向かって走り続ける急行列車で。見目麗(みめうるわ)しい金髪の少女が、窓枠に手をつけて風景を眺めていた。

「――――」

凛(りん)と澄んだ可憐(かれん)な横顔。

わずかに開いた窓からの夜風に髪がさらさらと揺れている。

なんと絵になる光景だろう。

もしもこの場に通りすがりの画家がいれば、颯爽(さっそう)と画板(キャンバス)を取りだして少女をスケッチしていたに違いない。

が。

もちろん、そんな旅行中の画家がそうそう現れるわけもない。

代わりに現れたのは――

「アリス様、ご報告がございます」

隣の車両から歩いてきた老従者シュヴァルツ。

スーツ姿の老人が、こちらにだけ聞こえるよう絞った小声で。

「始祖が帝国に現れました」

「……やっぱりそうなのね」

「帝国の第7国境検問所(チェックポイント)が破壊された模様です。帝国軍との戦いが始まっているでしょう。近隣一帯で厳戒態勢が取られています」

「……でしょうね」

間に合わなかった。

その苦々しい感情に、アリスリーゼ・ルゥ・ネビュリス9世——アリスは無意識のうちに奥歯を噛(か)みしめていた。

……絵に描いたような「最悪」の状況ね。

……始祖は今すぐにでも帝国を焼き滅ぼそうとしている。

帝国は敵だ。

ネビュリス皇庁の王女アリスにとっても、打倒帝国は悲願である。

ただし始祖はやり過ぎだ。

あの古(いにしえ)の魔女は、邪魔するなら第三者であっても帝国もろとも焼き払うだろう。

周辺の中立都市にも危害が及ぶ。尋常ならざる被害も出る。それは自分(アリス)の望む平和には繋(つな)がらない。

……いま帝都には燐(リン)とシスベルがいるのよ。

……その帝都が襲われたら二人まで犠牲になるわ。冗談じゃない！

そしてもう一人。

自分(アリス)が好敵手として認める剣士も帝都にいる。

「……イスカに手を出したら、始祖だって許さないんだから」

「はい？」

「いえ、何でもないわ」

老従者に向かって咳払(せきばら)い。

とにかくも、いま始祖に帝都を襲撃されるのは困るのだ。

「シュヴァルツ」

「はっ」

「もう何度言ったかわからないけどこれが最後よ。始祖を止めるわ」

「ゾア家もですな」

「ええ。女王代理として命じてやるの。言うこと聞かないなら、力ずくで縄で縛ってでも皇庁に連れて帰るんだから」

いまの自分(アリス)は女王代理。

女王に次ぐ命令権を与えられ、王家相手であろうと強制命令する権力がある。

……もちろんゾア家が素直に従うわけないわよね。

……あの仮面卿(きょう)のことだもの。

ゾア家が公言する帝国殲滅(せんめつ)。

アリスが帝国打倒を謳(うた)うのに対し、ゾア家の野望は帝国殲滅。

つまり塵(ちり)一つ残さぬ大戦争を望んでいる。

始祖の目覚めを待ち続けてきたゾア家が、この機をむざむざ逃すはずがない。アリスの制止にも、あの手この手で抵抗してくるだろう。

「手を焼きそうね……」

わずかに嘆息して、顔を上げる。

視線を再び窓の外へ。

「────」

「アリス様、そういえば先ほども外をご覧になっていましたな。何か？」

「夜空よ」

正確には、夜空を覆い隠す曇天を。

不穏な黒雲。

輝く星が、覆い隠されている。

嫌な感じだ。

星の曇る夜は心が落ち着かない。今夜は特に強く、自分の胸の鼓動を速めてくる。

……緊張のせいなの？

……あの始祖を相手にしなくちゃいけないから？

わからない。

ただただ、帝国に近づくにつれて妙な不安が肥大化していく。

これは——

この不安はいったい何だ？

Prologue.2『月の欠けた夜』

嫌な予感はあったのだ。

月の欠けた夜は、決まって悪い報せが飛びこんで来る。

「……なーんて。そんな迷信にいつまで怯えてるのかしらねぇ私って」

大陸を縦断する大陸鉄道。

それと並行して延びる幹線道路を、一台の大型車が猛烈な速度で走り続けていた。

目指すは帝国の検問所。

この帝国製車両、そして帝国軍時代に偽造した身分証があれば国境は容易に越えられる。

何一つ不安などないはずなのに。

「……嫌な感じ」

車のフロントガラスから見上げる夜空。

せっかくの満月が、うっすらと棚引く暗雲によって欠けている。

それが――

自分にとっての不安のタネだ。胸騒ぎがする。

『こんばんはシャノロッテ君』

運転席の通信機から、自分の名を呼ぶ男。

ネビュリス皇庁三王家の一つ「月（ゾア）」。その当主代理である仮面卿の声だ。

『夜のドライブは順調かね？』

「こんばんは仮面卿。ええとっても快適です。地平線まで続く道路を、夜風を浴びながら走るのは爽快ですからぁ」

主導者である男の声に、金髪の女諜報員（ちょうほういん）はぱっと目元をやわらげた。

シャノロッテ・グレゴリー。

おっとりした表情と口ぶりながら、並の成人男性よりも高い上背と鍛えられた肉体。

その恵まれた身体的特徴を活（い）かして帝国軍に潜入。隊長級にまで成り上がり、帝国軍の情報を盗み出していたゾア家の諜報員だ。

星脈噴出泉（ボルテックス）をめぐる激突で帝国軍に正体を見破られ、皇庁に帰還。現在にいたる。

『急な頼みだったがね。快諾してくれて助かるよ』

車窓から吹きこむ夜風と、それに乗る仮面卿の声。

弾んでいる。

通信機ごしに、仮面卿の上機嫌な表情が目に浮かんでくるようだ。

『最新の報告だ。帝国に向かわれた始祖様が第7国境検問所(チェックポイント)を襲撃した。予定どおり……いや予定以上に順調だよ』

「はーい。乗じるなら最高ですねぇ」

百年前、帝都を火の海に変えた古の大魔女。

それが再び復活して襲ってきたとなれば、帝国全土におよぶ大恐慌(だいきょうこう)を引き起こすだろう。ゾア家にとっては絶好の機だ。

『私とキッシングがその後を追っている。もうすぐ帝国の国境だ』

「合流地点は心得ております。**よく知っていますので**」

『そうだ。そこで君の出番というわけだよシャノロッテ君。道案内を頼みたい』

自分(シャノロッテ)は誰よりも帝国に詳しい。

特に国境の警備、都市部の警備などの防衛システムに関しては、帝国人以上に詳しいという自負がある。

帝国軍の隊長として過ごしてきたのだから。

「始祖様の襲撃にあわせてゾア家は帝都へ侵入。そこに捕らえられた当主様はじめ同志たちを解放する……ですよね？」

『そういうわけだ。シャノロッテ君、君の推測だと、囚われた同志たちは――』

「『天獄』と呼ばれる獄舎ですわ」

　魔女のみを捕らえた地底の監獄施設。

一切の光が差さない鉄の獄舎だ。過去幾度もの戦いで帝国軍に捕らえられた星霊使いが、何百人と囚われている。

「キッシング様の星霊ならたやすく監獄を突破できるはず。あとは捕らえられた何百人という同志たちを解放して、あっという間に強力な援軍の完成です」

『帝都を焼き払うことも可能だね？』

「もちろんです。獄舎の在処は私が知っていますので、ご案内は任せてくださいねぇ」

『素晴らしい』

　パチパチと響く拍手。

『心強いよシャノロッテ君。君との合流を心待ちにするとしよう』

「でも申し訳ありません仮面卿。今の走行速度だと、帝国の国境に着くのが明日の昼くらいになりますわぁ……」

『その間、我々は邪魔な帝国軍を排除しておくとしよう』

「かしこまりましたぁ」

通信が切れる。

車内に流れるのは一定のリズムを刻む駆動機関と、そして夜風の荒ぶ音。

「卿も珍しく上機嫌そうで何よりねぇ」

会話を思いだす。

常に穏やかな微笑みを絶やさないのが仮面卿という男だが、それは策士の策士たる一面でしかない。ただの作り笑顔だ。

けれど今晩の微笑みは、シャノロッテが断言できるほどに「本物」だった。

じき長年の悲願が叶う。

帝国を焼き滅ぼすというゾア家の大願が果たされようとしている。その抑えきれない喜びが、通信機ごしの声にも滲み出ていた。

あと数手順。

始祖が帝国を襲撃し次第、その混乱に乗じて帝都へ乗りこむだけ。

……そう。

……本当にあとわずかのはずなのに。

なぜこうも気分が優れない？

「んー……やっぱりお月様のせいよねぇ」

地平線の先で、最高の満月が黒雲に紛れて消えかかっている。

それが嫌なのだ。

満月が消えかかっている。

最高の刻(とき)を迎えようとしつつある月(ゾア)が、不穏な黒雲に脅(おびや)かされつつある。

そんな不吉なものを連想してしまったからだ。

「はぁ……よく言われるものねぇ。図体(ずうたい)でかいくせに心臓の小さい心配性だって。知ってますぅ。自覚はありますしぃ」

地平線まで延びた幹線道路(ハイウェイ)。

帝国へ続く道を見わたして、シャノロッテは溜息(ためいき)をついた。

「平気よねぇ。仮面卿とキッシング様がいて、なにより始祖様がいる。月が欠けることなんてありえないんだからぁ」

Chapter.1 『幻影たちの消える日』

1

ソレは、帝都のはるか地底から噴きだした。

猛烈な激震。

地下二千メートルに位置する天守府の地下ホール。そのさらに下から、地盤が割れ砕けるような轟音と、地上をひっくり返すような揺れが昇ってくる。

「またか!」

「な、何なのですかさっきから立て続けに⁉」

銀髪の狙撃手ジンが足下を睨みつけ、その後方ではシスベルが壁によりかかる。

まともに立っていられない。

帝国兵である音々やミスミス隊長でさえ激震に足を取られ、かろうじて姿勢を保つのに精一杯だ。

「陛下？」

「——」

眼鏡のブリッジを押し上げる璃洒の前で、銀色の獣人が床を無言で見下ろしていた。

人間にはない尻尾と突き出た耳。

——天帝ユンメルンゲン。

ここ帝国の最高権力者にして、百年前、史上最初に星霊エネルギーを浴びた者の一人が、猫のように大きな目で床を見つめて。

『震源地は十中八九、帝国議会から。忙しないじゃないか八大使徒、次は何を企んでいるのやら……と思ったけれど』

天帝ユンメルンゲンが目を細めた。

口元から鋭い犬歯を覗かせ、苦々しく表情を歪めて。

『とても嫌な臭いがする。百年前に嗅いだ臭いだよ。百年前の、すべてを狂わせた災厄の力が漂ってくる』

吐き捨てるように言葉を続けた。

『賤しき王女。災厄の力を受け入れたのか。——ついておいで黒鋼の後継』

「っ」

あまりに唐突な名指しに、イスカは一瞬言葉に詰まった。

黒鋼の後継。

帝国軍のごく一部から、自分がそう呼ばれていたことは自覚がある。

だが精々、黒鋼(くろがね)の剣奴(けんど)クロスウェルに師事した程度の理由だろうと思っていたし、師もそれ以上を語ろうとはしなかった。

——今は違う。

シスベルの『灯(ともしび)』で百年前が再現された今なら、その理由がわかる。

〝クロ、何だソレは〟

〝希望だ。——この星剣なら、星の中枢にいる災厄を倒すことができるかもしれない〟

星剣を託されたから後継なのだ。

……だけど僕は「災厄」が何を意味するのかまったく知らない。

……何かの超常現象なのか？　それとも……

「その目で見るといい」

天帝が、その心境を見透かすようにこちらを覗きこんできた。

「お前が向かい合わなくちゃいけない敵を教えよう。いま下にいるのは本体じゃなく、その力に溺れた魔女だけど」

2

帝国議会。

別名「見えざる意思」。

その名称は、あらゆる地図に議事堂の場所が載っていないことに起因する。

地下五千メートルの帝国最深部。

かつて、ここは別の名で呼ばれていた。

「『星のへそ』と。そう呼ばれた採掘場だったそうですわね」

艶やかに響く魔女の声。

吟遊詩人が諳んじるがごとき、よどみない口ぶりで。

「星の民が残した古き記録から『星霊』の存在を確信した。新エネルギーの採掘と称して、この地の地下五千メートルから掘り起こそうとした。……いえ、事実成功した。まさしく皆さまは賢者ですわ。ここまでは良かった」

イリーティア・ルゥ・ネビュリス。

彼女が身に纏(まと)っている衣装は、ルゥ家第一王女としての王衣(ドレス)ではない。

黒のウェディングドレス。

まるで真っ黒い霧を凝縮させたような漆黒だ。肌の半分以上があらわな肉感的な装(よそお)いだというのに、背筋が凍るような虚無感を湛(たた)えた魔女の衣装――

「でも残念。あなたたちは過去の失敗から学ばなかった。百年前には星霊の制御に失敗し、星霊使いという厄介なものを生みだしてしまった。にもかかわらず今度は星霊以上の力を手に入れようと、アレに手を出してしまった」

『――――』

「星の民が『大星災(だいせいさい)』と恐れる、星霊に似て非なるもの。さぞかし焦がれたことでしょう？　その力があれば、電脳体に過ぎないあなた方が新たな肉体を得られるかもしれないから。でもおあいにく様」

一呼吸。

美の女神さえ羨むほど豊満な胸に、手を添えて。

「アレに選ばれたのは私。八大使徒ではなかった」

　ぞわりっ。

　ウェーブがかかった翡翠色の髪が大きく蠢いた。無風空間。イリーティアの髪がゆらめいているのは、彼女自身から滲み出る膨大な力に押され――

　一切の光を許さぬ闇の気流。

　それがイリーティアの足下から噴きだしていく。

『美しい』

　連なる八台のモニターが、そう応えた。

『力を求めて異形に堕ちる。これが叙事詩なら君は勇者によって討伐されるべき化け物だ。しかし、そんな叙事詩の化け物とは一線を画す「夢」が君にはある』

『すべての星霊使いの楽園を創るという夢』

『君は、君自身の幸福を望んでいない』

『醜い魔女と恐れられることを覚悟の上で』

『女神のごとき美貌のあなたが、その美貌を捨てる覚悟はどれほどのものだったでしょう。そうまでして弱者を救いたい』

『美しき信念だ。誇り高き美学だよ』

鳴り響く拍手。

ルクレゼウスを失って七人となった古の賢者たちが、次々と口ずさむ。

「まあ。褒めてくださるなんて懐が広い」

黒の霧に包まれた奥で、イリーティアが唇の端をキュッと吊り上げた。

慈愛の一滴さえない、蔑みの冷笑で。

「お礼に、虐めずに消してさしあげようかしら？」

魔女の宣戦布告。

対する八大使徒の応えは——

『鳥籠で飼われた鳥は、幸せかね？　不幸せかね？』

「……いま何と？」

『永遠の鳥籠の中で幸せに暮らしてくれたまえ』

床が割れた。

イリーティアの立つ地点を中心として議会場の四隅が砕けたのだ。地面から植物の芽が生えるように、黒褐色をした歪な塔が現れる。

「……これはっ⁉」

四本の塔を見回し、イリーティアが目をみひらいた。

──偽装結界『星の中枢』。

四本の塔の先端から放電状の光がほとばしり、議会場のフロアを覆い囲った。

星霊を封じる絶縁エリア。

この四本の塔で構成されるエリア内では、星霊エネルギーが外に漏れない。

すなわち星霊を閉じこめる檻。

『言葉を返すようだがイリーティア』

『いまの君こそ力に溺れ、君本来の悪知恵が足りなくなっているのではないかな?』

ジッ……、と。

結界の端に触れたイリーティアの指先が、鋭い火花に弾(はじ)かれた。

『君は言ったね。もう一月以上も食事を摂(と)っていないと。水の一滴さえもう一週間以上。最近は呼吸さえ要らないと言った』

『災厄(アレ)に憑依(ひょうい)された君の肉体は、もはや人間ではなく星霊だ』

『だとすれば好都合』

閉じこめられるのだ。

今のイリーティアはさしずめ一個の邪悪な星霊。そしてどれだけ凶悪な星霊であっても、この絶縁エリアでは力が封じられる。

『予想される未来だった』

七台のモニター群が、光を増した。

『被検体だった君が狂科学者(ケルヴィナ)の館から逃げだした。あの頃から八大使徒(われわれ)は最悪のケースを想定して動いていたのさ』

『災厄(アレ)と同化した君が、我々に牙を剝(む)くのではないかとね』

『そのための対策がこれだ』

『今の君は、自ら鳥籠に飛びこんできた鳥なのだよ』

「――――」

黒いカーテン状の結界。

そこに佇(たたず)む翡翠(エメラルド)色の髪をした美女が、真顔でモニターを見上げて。

「あはっ！　ははっ、あはははははっっっっ！」

突如として噴きだした。

蠱惑(こわく)的な唇から紡(つむ)がれる、聞く者に寒気を与える嬌笑(きょうしょう)で。

「私が星霊？　いいえ、私は魔女ですわ」

……じゅぅ。

床から白い煙が上がったのは、その時だった。

イリーティアの周囲にたちこめていた黒の気流が、まるで繭かサナギのごとく彼女の全身を覆い包んでいくではないか。

『何っ⁉』

進化していく。

八大使徒が血眼で欲していた力を手にした王女の肉体が、変貌していくのだ。

星霊使いから、ヒトならざる怪物へ。

「おばかさんたち」

パキッ……ピシッ……

何かがひび割れる不快な音。

それはイリーティアを囲む四本の塔が上げた悲鳴だった。黒の石材でできた塔の表面に亀裂が生まれ、八大使徒が見守るなか、その亀裂がみるみる大きくなっていく。

塔が砕けつつある。

『馬鹿な……っ⁉』

『この結界でさえ抑えきれぬのか⁉』

崩壊。

ガラスが砕けるような硬質の断末魔の声を響かせて、星霊封じの結界が木っ端微塵（こっぱみじん）に砕けて消えた。残されたのは結界の中央にいたもの――

ヒトの形をしただけの漆黒の怪物。

真の魔女。

あたかも空の闇夜を人間のかたちに凝縮させたような、ただただ黒い浮遊物。

目も鼻も口もない。

半透明をした黒い体内に、何百という光の粒が封じ込められている。

『だって私、悪い悪い魔女ですから』

星霊使いという意味ではない。

世界に災厄をもたらす悪意の象徴。かつて異形化した天帝を見てきた八大使徒さえも息を呑（の）む、人智（じんち）を超えた怪物がそこにいた。

この星の――

もっとも凶悪な力を手にした魔女が。

『なんと……なんとおぞましい姿か……！』

『あはっ』

真の魔女が両手を広げた。

身も心もヒトであることを放棄したイリーティアが、異常なまでに高揚したその仕草と、蕩けるような口ぶりで。

『好いですわ。恐怖も、動揺も、後悔も、苦痛も何もかも忘れて他者を踏みにじってきた八大使徒がこんなにも狼狽えている。世界中に放送してあげたいくらい……あらら、でもそうしちゃうと私の姿まで放送されるから。子供は泣き出してしまうかしら？』

轟ッ！

前触れなく、八大使徒を映しだすモニターが弾けた。

ルクレゼウスを除く七台のモニターから電源ケーブルが抜け落ち、モニターを支えていた土台がネジごと吹き飛んで地に落下していく。

七つの頭文字「V」「E」「A」「P」「N」「O」「W」。

ヴィトゲンシュラ、エティエンヌ、アレーテン、プロメスティウス、ノヴァラシュラン、オーヴァン、ワイズマン。

帝国を支配してきた者たちの姿がモニターから消えていく。

『あら？　あらあら、ふふっ』

真の魔女（イリーティア）が声を弾ませる。

議会場の正面の壁が真っ二つに裂けて、そこから蒸気が噴きだした。

星霊の光を含んで神々（こうごう）しく輝く蒸気の向こう——銀色の殲滅物体（オブジェクト）が、議会場の壁を引き裂くようにせり上がってくる。

『巨星兵。ケルヴィナの失敗作ではありませんか。電脳体として存在する八大使徒が憑依するために生まれた醜い器（うつわ）』

半霊半機の巨人。

それは二足歩行で動く「生き物のような機械」だ。動物の呼吸と同じく全身を上下させ、星霊エネルギーの蒸気を吐きだす様はまさに生物そのもの。

そして、そのエネルギー源は「星霊」。

『我々は知っているのだよイリーティア』

『君が宿した災厄は星霊と似ているが、実態は火と水のような対立関係にある。すなわち、いまの君にとって星霊エネルギーは猛毒なのだと』

そう。

かつて災厄の力で魔天使と化した狂科学者（ケルヴィナ）は、まさにそれが原因で消滅したのだ。

イスカと燐（リン）によって星霊炉に落とされて。

〝魔天使（わたし）や魔女（ヴィソワーズ）にある「アレ」の因子は、この星の星霊とは相容（あいい）れない〟

〝だから大量の星霊エネルギーを浴びてしまえば……人間（おまえ）には無害な星霊エネルギーも、私にとっては猛毒なのだよ〟

真の魔女（イリーティア）はその完成形。

この世でもっとも星霊エネルギーを嫌う存在となっている。

『星霊使いの王女であった君が、星霊エネルギーに浄化され消えていく。なんとも美しい終幕ではないか』

『星に還（かえ）るがいい』

二足歩行の巨人が、片手を突き出した。

手のひらに十字の亀裂。そこから間欠泉のごとく蒸気が噴きだし、星霊光と思（おぼ）しき光が溢（あふ）れていく。

その輝きが凝縮。

そう認識した瞬間にはもう、眩しき奔流が反応不可能の速さで放たれていた。

――『星夜見』。

キィッと甲高い音を奏でる光の帯。

光線どころか光の柱ともいうべき超巨大な星霊エネルギーの塊が、その空間ごと影色の魔女を灼き貫いた。

跡形一つ残らない。

高純度星霊エネルギー『星夜見』は、エネルギー噴出量で中規模の星脈噴出泉に迫る。

光が何もかも消し飛ばし、残すは、壁にぽっかりと空いた大穴だけ。

しんと静まる議会場。

ぱらぱらと壁の残骸が床に落ちていくなかで――

『ああ楽しい』

艶やかな嬌笑が響きわたった。

『楽しすぎて怖くなってしまいますわ。弱者をいたぶる強者の振る舞いなんて、私が一番嫌いなことなのに。ああでも、この高揚感は癖になりそう』

虚空に『黒』が集まっていく。

星夜見の光を浴びて文字どおり消し飛んだ魔女が、まるで霧が渦を巻くように収束し、ヒトの輪郭へと再結合していくではないか。

『ツッ⁉』

『あの光を躱したのか⁉』

ざわり、と。

巨大な機兵から七つ分の動揺が溢れ出た。

『躱した？　とんでもない。とっても痛かったですわ。もはや痛覚も朧気だけど。そうね、頭から熱湯をかけられたような痛みといえば遠からずでしょうか』

自らを抱きしめるように両手を回す魔女。

そして。

『……で？　それだけ？』

無感情の声。

巨星兵に告げるその極寒の宣告は、八大使徒をして百年ぶりに「寒気」という言葉を想起させるに十分だった。

『足りない。全然足りません。星の災厄と適合した私を、あの程度の星霊エネルギーでどうにかできると本気でお考えですか』

『……ありえん⁉』

『星脈噴出泉(ボルテックス)一個に相当する星霊エネルギーだぞ……！』

並の星霊術を、ゴム弾としよう。

星夜見(ほしよみ)はいわば大型ミサイルにあたる星霊エネルギー量だ。

八大使徒の秘蔵たる巨星兵。その最大火力たるこの一撃で倒せないということは、それはある種の絶望で――


真の魔女(イリーティア)を倒す手段が、帝国にも皇庁にも存在しない。

銃弾も火砲も効かない。

唯一の弱点である星霊エネルギーも、星夜見(ほしよみ)の直撃さえ足りないと嘲笑される。

皇庁も同様だ。

ネビュリス皇庁の全星霊使いが放つ星霊術さえ、おそらく真の魔女(イリーティア)は真顔で受けとめてしまうに違いない。

『力(エネルギー)が二桁足りない。私をどうにかしたいと思うなら』

『～～～～ッッッ⁉』

『馬鹿な……もはやそこまでの…………っ』

『ほら、このように』

黒い雷光。

そうとしか喩えようのないイリーティアの放った光——星夜見の光量を軽く凌駕するであろう極大の光の津波が、巨星兵を吹き飛ばした。

光に焼き貫かれ、何十何百というパーツにまで分解されて宙を舞う。

ぱらぱらと。

巨星兵だったものの残骸が、議会場の床に降り積もっていく。

『あらあっけない幕切れ？　星の外殻と同じ強度と聞いていたけど。王宮の壁もこんなに柔らかかったかしら』

魔女がその場で腕組み。

先ほどまで自分を見下ろしていた巨星兵が、ただの機械片と化して床を転がっていく。

そこに憑依していた八大使徒も消滅したに違いない。

『拍子抜けね。憐れな賢者たち、もうちょっと慌てる姿を見ておきたかったけど』

くるりと背を向ける。

床にうずたかく積もった残骸にはもはや興味がない。百年以上もの長きにわたり帝国を裏で操り続けてきた支配者たちのあまりに呆気ない幕切れ――

「と思うだろうが」

カラッ……と。

議会場に散らばった瓦礫を踏みつける気配。気づいた真の魔女が振り返った先に、細身の大剣を提げた男が立っていた。

甲冑とコートとが一体化した戦闘衣をまとう、紅の髪の帝国兵士。

『あらヨハイム』

ヒトの姿をした怪物……と化したイリーティアが声を弾ませた。

嬉しそうに。楽しげに。

本来なら敵であるはずの帝国兵に振り返った彼女の声は、まるで、最愛の男性を見つけた乙女のように純粋な喜びに満ちていた。

『地上で見張りをしているはずだったのに。それともやっぱり私を心配して来たのかしら。私が八大使徒に負けちゃうんじゃないかって？』

「半分」

『？』

「イリーティア、俺は、あなた以上に頭の回る人間を知らない。欺し欺されという意味で、あなたを心配する気はない」

歩いてくる赤毛の帝国剣士。

――使徒聖の第一席『瞬』のヨハイム。

帝国軍の中枢に籍を置きながら、その裏でイリーティアに忠誠を誓い続けてきた剣士が見据えるのは、正面。

巨星兵の残骸だった。

「だが八大使徒を見くびるな」

目の前に、うずたかく積もった部品と瓦礫。

その混合物を見下ろして。

「八大使徒は、この星の全権力を牛耳るためだけに百年以上も生き続けてきた。その業と執念はもはや怨念だ。こいつらは自分たちが存在し続けるためなら何でもする。尊厳なんてものはない。たとえば……」

ミシッ。

赤毛の剣士の靴先が、瓦礫を蹴り飛ばした。

その下から現れたのは七つのモニター破片。それが今も、わずかながら淡い光で瞬いているではないか。

「瓦礫の下に隠れて消えたフリとかな」

『────ッッッ⁉』

モニター破片が強く点滅。

明らかに意思がある。ヨハイムの声、そして見つかったことに対する動揺がモニターに

輝く点滅となって現れていた。

「この通りだ。こうも醜い破片と化し、喋ることも姿を投影することもできない状況でも強かに潜み続ける。おおかた俺たちが立ち去った後、別の機械に憑依して復権するつもりだったんだろう？」

八大使徒は肉体のない電脳体だ。

巨星兵でなくても、機械という憑依先があればすぐにでも再生する。

『……恐れ入ったわ』

その吐息に紛れた感情は──

イリーティアが口にした、賞賛と呆れの混合だった。

『本当に、本当に。どこまで憐れなの。とっくに肉体は滅びているのに、思念だけで現世

に縋りついている』

七つのモニター破片が激しく点滅。

自分たちを見下ろすイリーティアへ、何かを必死に訴えかけているのだろう。

『私は悪い魔女。皇庁に未練なんてないけれど……一つだけ星霊使いの端くれとしてやり残したことがあったわ。ねえわかるでしょう？　百年前、多くの星霊使いたちが血と涙を流すことになった元凶者たち』

八大使徒へ。

輝く七つの破片を見下ろして、星霊使いの王女は告げた。

『すべての星霊使いの怒りに代えて、粉々に踏み潰してあげましょう』

『────ッッッ！』

『……と、言いたいところだったけど。その必要もなかったわね』

くるりと反転。

ヨハイムを手招きで従えて、ヒトの姿をした怪物はなんと巨星兵の残骸に背を向けるや外へと歩きだしたではないか。

七つの破片を置き去りに。

見逃した？

見逃された？

真の魔女（イリーティア）とヨハイムが立ち去った、沈黙の議会場で。

カラッ……

小さな破片が降ってきた。

ひび割れた天井から落ちてきたコンクリート壁が。

『ッッ⁉』

そう。

八大使徒自らが放った巨星兵の星夜見（ほしよみ）と、そしてイリーティアの放った星霊エネルギーの衝撃を受けたことで、議会場は既に限界を迎えていたのだ。

崩壊。

パラパラ……カラッ……と、小さな破片にまじって次第に大きな破片が降り始める。

そこへ。

どこからともなく伝わってくる魔女の声。

〝さようなら旧時代の大罪人たち〟

〝あなたたちが掘り起こした『星のへそ』と、権力の証（あかし）たる帝国議会。共に潰（つい）えるのなら本望でしょう?〟

そして崩壊。

天井だった壁が何百キロ、何トンという瓦礫と化した。

灰色をした石の雨が、床に転がる七つのモニター破片を跡形なく押しつぶして——

帝国議会は。

八大使徒は。

この星から消滅した。

Chapter.2 『世界最後の日（つよすぎて）に奏でられる魔女の歌（ごめんなさい）』

1

かつてネビュリスという名の姉弟がいた。

世界最大の国家『帝国』に出稼ぎに来た三人は、世界でもっとも深い穴──「星のへそ」と呼ばれる採掘場で星霊エネルギーを浴び、魔女と魔人になった。

後に始祖と呼ばれる双子の姉エヴ。

後にネビュリス一世と呼ばれる双子の妹アリスローズ。

そして。

帝国に残り、天帝のもと黒鋼（くろがね）の剣奴（けんど）と呼ばれる義弟クロスウェル。

──そのうちの二人が、百年ぶりに再会した。

帝国領、第7国境検問所。

国境にあたるその検問所は、今、至るところから黒い煤が上がっていた。

飴細工のようにねじ曲げられた鉄柵。

帝国軍の武装車は裏向きにひっくり返されて地に転がって、周囲には、撤退していった帝国兵たちが投げ捨てた銃が置き去りになっている。

それは――

ただ一人の魔女によって引き起こされた破壊の跡だった。


「……私に話だと？」


帝国軍が一人残らず撤退した地上。

その上空には吸いこまれそうなほど深い蒼穹が広がり、そこに、褐色の少女がぽつんと浮かんでいた。

「今さら何の話だ。クロ」

始祖ネビュリス。

くすんだ金髪を風になびかせて、最古最大の魔女が地上を見下ろす。その先にはかつて喧嘩（けんかわか）別れした義弟が立っていた。

　クロスウェル・ゲート・ネビュリス。

　星剣の初代所持者がたった一言、ぼそりと。

「回想だ」

「回想？」

「……何事も思うようにはいかないな。俺もユンメルンゲンも、この百年でそれをひどく痛感したよ」

　そして小さな嘆息。

「いつだったか。俺はこう言った。『俺とユンメルンゲンはまだ帝国を変えられてない。だけど、変えることができる希望を見つけた』と」

「それで？」

「義姉（ねえ）さんが眠っている間、この地上では多くのことがあった。一度は焼け野原になった帝国も復興した。復興どころかさらに高度機械化は加速した。義姉（ねえ）さんから見れば、今の帝都は未来都市のように映るだろうな」

「その理由は？」

　義姉の声に混じる、棘（とげ）。

「はぐらかすなクロ。帝国が発展したのは魔女を恐れてのことだろう？　帝国が星霊使いを敵視していることの証拠でしかない」

「そうだな。その一面は否定のしようがない」

再び嘆息。

頭上を見上げる姿勢から、クロスウェルはふっと視線を下げた。

「とどのつまり、それが俺とユンメルンゲンの誤算だった。帝都が灰と化したあの日以来、すべての帝国人が魔女と魔人を憎んだ。そして恐れた。……だから俺とユンメルンゲンは帝国に残って待ち続けたんだ」

時が解決してくれる。

帝国に根付いた、星霊使いへの恐怖も――

皇庁にはびこる、帝国軍への憎しみも――

風化するだろう。

十年二十年では無理だったとしても。

五十年や七十年、あるいは百年という月日が人々の記憶を洗い流してくれるだろうと。

そう思っていた。

「……痛感した。思うようにはいかないな」

二度目の言葉（フレーズ）。

義姉に向けたものではなく、クロスウェルが自らに言い聞かせるために。

「帝国と皇庁の争いは日増しに強まり、世界のあちこちで衝突が始まった。怒りが風化するどころか新しい世代にまで受け継がれていった。俺はそれを止められなかった」

最大の誤算が、天帝ユンメルンゲンの容態だ。

始祖と同じく星の災厄の力に取り憑（つ）かれているユンメルンゲンは、天帝に即位してからすぐに長い眠りについた。

起きるのは一年に数日きり。

「俺ができたのは、天帝（アイツ）が起きた時に『今日』がいつで、天帝（アイツ）が寝ていた間に世界で何が起きたのかの説明だけだった。結局のところ帝国の最大権力者は依然として八大使徒で、帝国軍はみるみる肥大化していった」

皇庁も同じだ。

初代女王アリスローズの死後、ネビュリスの血は三つの王家に分かれた。

三王家はそれぞれが統括地と星霊部隊を所有して、それぞれが帝国軍との戦いに備えて力を蓄えてきた。

「クロ」

そんな彼へ。

応じる始祖の声は、刺々しかった。

「お前のそれは回想ではない。懺悔だ」

「…………」

「帝国に残ると言うお前に、私はこう返したはずだ。『まだそんな夢に取り憑かれているのか』と。百年経って、お前はようやく夢から醒めたというわけだ」

ふっ、と。

少女の唇から零れた吐息が、吹きすさぶ風に溶けていく。

「クロ。帝国を内側から変えようとしていたお前とユンメルンゲンは間違っていた」

「結果的にはそうなる」

「そうだな。だからもう私の邪魔をするな」

帝国は変えられない。

天帝ユンメルンゲンが百年かけてできなかったのだ。帝国に根付く魔女・魔人への恐怖を払拭することはできない。

その恐怖が消えないかぎり、皇庁への迫害もまた続くだろう。

だから——

「帝国を滅ぼす」

「という必要はもうなくなった」


時間が止まった。

自らの「帝国を滅ぼす」に呼応するかたちで重ねてきた男(クロスウェル)の言葉に、褐色の少女は、瞬(また)きさえも忘れて空中で動きを止めていた。

心に響いたわけではない。

あまりにも理解から遠い論理に、一瞬、脳の思考回路が麻痺(まひ)したのだ。

「…………なに？」

「俺の話は終わってない。逆だ。ここからが始まりなんだ」

クロスウェルが動いた。

左手に携えていた一本の長刀——それは黒の星剣に似て非なるものだと、始祖は一目で看破していた。

「贋作(レプリカ)か」

「ああ。星の民に無理言って造らせた。星剣はイスカにくれてやったからな」

「…………」

イスカ。

その名に、褐色の少女が眉をひそめた瞬間をクロスウェルは見逃さなかった。

「馬鹿弟子と一戦交えたらしいな？　風の噂でそう聞いた」

「……何が言いたい」

「驚いただろう？」

「……何にだ」

「義姉さんの目にはどう映った？」

「っ」

宙に浮かぶ少女が、目をみひらいた。

一瞬何かを思いだすように無意識に虚空を見つめるものの、すぐに我に返って口元を引き締める。

「覚えてないな」

「そうか？　あの馬鹿弟子は、他の帝国兵とは違ったはずだ。たとえば——」

〝もう一度寝てろ、ネビュリス〟

〝次に目が覚める時は、きっと、世界はもう少しマシになってるさ〟

「アイツは義姉さんを魔女呼ばわりしたか？」

「────」

「アイツが義姉さんと戦ったのは何の為だった？　他の帝国人や帝国軍のような復讐心で挑んできたか？」

「────」

「違うはずだ。そして理解できたはずだ。なぜ俺が星剣をアイツに委ねたか」

師は、帝国を変えられなかった。

星霊を宿した魔人であることを隠さねばならない以上、帝国内で目立った活動ができなかったからだ。

帝国を変えるのは──

帝国人自らの手でなければ実現できないと理解した。

だから後継者が必要だった。

「俺とユンメルンゲンは帝国を変えられなかった。だがアイツなら──」

「クロッッッッ！」

大気が震えた。

褐色の少女が力任せに発した咆吼(ほうこう)が、目に見えぬ巨大な衝撃となって押し寄せる。

「………クロ……」

少女が奥歯を噛(か)みしめて。

「まさか、またあの時と同じことを言う気か……私がここまで来たというのに……なのにお前はまた『待て』というのか。百年経っても何一つ変わらない帝国で、またちっぽけな希望が見つかったからという理由で」

「そうだ」

「クロッッッッッッッ！」

始祖ネビュリスの右手が宙を薙(な)いだ。

星霊の風。横殴りに襲ってくる突風が、地上の車を木の葉のように軽々と吹き飛ばし、巨大な風の壁となってクロスウェルへと襲いかかる。

その風を、黒鋼色の剣が切り裂いた。

「―――」

手を振り上げた姿勢のまま、始祖が凍りついたように動きを止めた。

驚きはない。

なぜなら以前にも同じ経験があるからだ。

「見た目だけの贋作(レプリカ)ではないらしいな」

「いや見た目だけだ。星剣の一番大事な機能がないからな」

黒い柄を握るクロスウェルは無表情。

ただ淡々と。

「この剣じゃ星の災厄は倒せない。アレを倒せるのは星剣だけだ。そんなことは義姉(ねえ)さんに言うまでもないことだろうが、あえて言っておく」

空を見上げる。

そこに浮かぶ義姉(あね)を見上げて。

「ユンメルンゲン曰(いわ)く、世界一凶暴な姉を止めるのは弟(おれ)の責務らしいからな」

帝国領の最果てで――

かつて姉弟であった二人は、再び激突した。

が。

この二人さえ知る由(よし)もなかった。

帝国皇庁の黒幕であった八大使徒が、たった今、帝国議会とともに消滅したこと。

そして――

真の魔女による、この世でもっとも平等で残酷な、帝国皇庁の一切合切すべてを巻きこんだ無差別「浄化」が今まさに始まろうとしていたことを。

2

帝国、第8国境検問所(チェックポイント)（北東部）。

これが平時なら、検査場の前に何十台という民間車が並んでいる光景を目にすることができただろう。

それが今、無人同然の空き地と化していた。

――大魔女ネビュリスの襲撃。

百年ぶりに復活した大魔女が第7国境検問所(チェックポイント)を襲っているとの報(しら)せを受けて、この場の一般人たちもすべて避難したからだ。

「好(い)いね。実に好い判断だ」

コツッ……コツッ……、と。

規則正しく鳴り響く靴音を従えて、仮面をつけた男が国境検問所(チェックポイント)のゲートをのんびりと通過する姿があった。

「何が素晴らしいかといえば、帝国の外へと逃げていったことが大正解だ。帝国領は今日、火の海に変わるだろう。この国境検問所(チェックポイント)を通過して帝国内に逃げこむのではなく、帝国外の中立都市に逃げる。実に賢明な判断だ」

そして警報(ブザー)。

仮面の男が一歩ゲートを通過した途端、そこに取り付けられていた警報機が真っ赤に点滅して鳴りだした。

星霊エネルギーの大型検出器。

仮面の男は、そんな騒音にも顔色一つ変えず通過していく。

「おかげで私たちも動きやすい。帝国軍との諍い(いさか)で一般人に騒がれるのは鬱陶しいからね」

続いて十数人の男女。

質素なスーツ姿の民間人に偽装しているが、彼らが通る間も星霊エネルギーの検出器は鳴り続けている。

その警報が——

一際けたたましく、大音量となって吠え立てた。

「お待たせしました叔父さま」

眼帯をつけた少女がしずしずと歩いてくる。

歳は十三か十四ほどだろう。

長い黒髪は美しく光沢があり、ドレスは絢爛で煌びやか。目元を隠してはいるものの、その小ぶりな鼻筋や唇は人形のように整った可愛らしさを感じさせる。

強まる警報。

その少女一人に満ちる星霊エネルギー量が、仮面の男と部下たちの総量を上回っていることを、検出器の大音量は雄弁に物語っていた。

「お昼ご飯を食べてきました」

「早かったねキッシング。もっとゆっくりでも構わなかったよ」

叔父さま——

そう呼ばれるままに、仮面卿は、黒髪の少女キッシングに振り向いた。

「どうせ小休止だ。シャノロッテ君との合流まで時間がかかる。彼女の案内なしでは帝都への侵攻も心許ない」

「ここで、ですか？」

キッシングがわずかに躊躇う仕草。この少女にしては珍しいことだ。誰よりも懐いている仮面卿の言葉に不服があるらしい。

「――――」

「どうしたのかいキッシング。何か思うなら言ってごらん」

「音がうるさいです」

「ああ確かに。検出器ごとゲートを消して構わないよ……ふむ？　しかし妙だね」

顎に手をあてて仮面卿が思案。

ふしぎそうに見上げるキッシングの目の前で。

「これだけの警報だ。帝国兵がすぐに駆けつけてくるはずだが……この国境検問所からも一人残らず撤退したのか？」

帝国軍が現れないのだ。

これだけ警報がけたたましく鳴り響けば、当然、警備の帝国兵が駆けつけてくるはず。

それが一人としてやって来ない。

「隣の国境検問所を始祖様が襲撃している。その加勢に向かったのなら辻褄は合うが……だとしても警備を空にするほど愚かではあるまい？」

始祖が第7国境検問所を襲撃中。

その隙を突いてネビュリス皇庁の刺客が別地点から侵入する。これは帝国軍にも読める常套手段のはずなのだ。

「仮にも国境だ。最低でも通信用の兵を一人か二人、残しておくものだと私は考えるが、さて帝国軍は何を考えているのやら」

正面にある検査場へ。

十数人の部下と、そしてキッシングを引き連れて歩いていく。

――鳴り続ける警報。

過去例のないほどの大音量で、ここに集う星霊部隊の侵入を報せ続けている。

何十秒も。何分も。

にもかかわらず帝国兵は一人として現れる気配がない。

なぜだ?

その疑問がやがて違和感へ。さらには不審感へと肥大化し――

「人影か？」

そう呟いたのは部下の一人だった。

検査場の前の広場に、折り重なるようにして転がっている無数の人影。それが近づいていくうちに鮮明さを増していく。

そして仮面卿は、この世でもっとも奇妙な光景を見た。

「……何だと⁉」

倒れた帝国兵たち。

銃を持ったまま。あるいは車内の運転席に座ったまま。誰もがピクリとも動かず、目を開ける様子もない。

帝国軍が、全滅していた。

どういうことだ？

いったい何が起きている？

「……何これ」

キッシングさえも困惑した口ぶりだ。

自分たちはこの場で帝国軍との戦闘も覚悟していた。そんな百年来の怨敵が、なぜか、自分たちが到着するより前に壊滅していたのだ。

よりによって帝国の国境で。

「叔父さま、これは何でしょう」

「キッシングはここで待っていなさい。よもや、これが倒れたフリだとも思えんが」

無数の帝国兵が倒れ伏す広場へ、仮面卿は単身向かって行った。

そして観察。

何が奇怪かというと、倒れた帝国兵たちに誰一人として外傷がない。

では何が原因で倒れた？

「毒ガスの類というわけでもなさそうだが。さて……」

コンッ。

倒れた帝国兵の頭を靴先で小突く。反応はない。ただしわずかながら胸が上下している。微かな呼吸音も聞き取れる。

「……生きている。となるとこれは寝ている……いや寝かせられた？　だとしても奇妙だ。こうも警報がけたたましく鳴っているのにね。目が覚める気配がない」

違和感。

いや違和感を通りこして不気味に近い。

星霊術にも催眠術の類がないわけではないが……むしろ、そうした星霊術に対して日々膨大な対策を費やしているのが帝国軍だ。

その帝国軍が全滅？

誰一人として外傷を負っていない。誰もが目を閉じて昏睡(こんすい)している。

なんと――

なんと非現実的な壊滅だろう。

これほどまでに穏やかな全滅を見たことがない。

「面妖だな。我々より先に帝国軍を片付けた者がいる？　しかしこうも交戦らしき様子がないとなると……」

咄嗟(とっさ)には思い浮かばない。

三王家の一つ「月(ゾア)」の当主代理である仮面卿でさえ、この全滅がいかなる手段で行われたか解明できない。

その事実に、ちょっとした苛立(いらだ)ちさえ感じる。

「おいでキッシング。近づいても平気らしい。ただし迂闊(うかつ)に触れぬようにね」

「はい叔父さま」

しずしずと近づいてくる少女。

その足が、広場の直前でピタリと止まった。

「……」

「どうしたキッシング？」

「…………嫌……」

「ん？」

「────い、嫌っ！　っっっっっっ！」

声にならない絶叫。

仮面卿そして部下の前で、黒髪の少女が突如として全身を痙攣させ、頭を抱えて悲鳴を上げたのだ。

その拍子に、少女の目を覆っていた眼帯がほろりと外れる。

──紫色に輝く瞳。

キッシング・ゾア・ネビュリス９世が有する最大の特異体質。

それこそが、この瞳に浮かぶ星紋だ。

星霊使いは体表に必ず星紋がある。だが瞳という視覚器官に宿った事例は、記録されているかぎりキッシング以外に存在しない。

星霊エネルギーの可視化。

最新鋭の帝国製星霊エネルギー検出器の、実に何万倍、何億倍という精度でキッシングはエネルギーを視ることができる。

ゆえにキッシングは切り札なのだ。ゾア家が目論む「対星霊使い」戦のための――

「……やっ！　嫌っ……こないで！」

その少女が悲鳴を上げていた。

視てしまったのだ。

今この場に、とてつもない怪物が接近してきていると。

「キッシング？　落ちつきなさい。いったい何が視え――」

『あら。見覚えがあると思ったら』

嬌声が響きわたった。

仮面卿たちの眼前で、舗装路の亀裂から黒い気流が噴きだした。

黒の星脈噴出泉。

そうとしか喩えようのない気流が宙で渦を巻き、ぐるぐると一点に凝縮しながら人間のような輪郭へと姿を変えていく。

目も口もない、ただの黒い怪物へ。

――ドクン。

心臓を握りつぶされた。

そう思わせるような錯覚に、仮面卿の額からどっと汗が噴きだした。

「……なっ⁉」

キッシングを抱えて後方へ瞬間転移。

一目で察した。

帝国軍を全滅させたのはこの怪物で、キッシングが感知したのもこの怪物だと。

『――――』

その黒い怪物が。

こちらをじーっと観察したかと思いきや、不意に後方へと振り向いた。

倒れ伏した帝国軍をだ。

『仮面卿は帝国軍が気になりますか？　もうっ、失礼ですよね。私をバケモノだと言って襲いかかってきて。ちょっとお仕置きしたところです』

「っ⁉」

驚愕のあまり声が裏返りかけた。

この怪物は、なぜ自分の名を知っている？

「……これはこれは」

いまだ震えの止まらないキッシングを背に隠し、仮面卿は一歩前に進みでた。

部下たちの前である。

当主代理がたじろげば、それは部下たちの士気にもかかわる。

「異形の類に私の名を知られているのは、いったいどういう事情かな」

『ひどいっ』

傷ついた──

演技じみた声と仕草で、怪物が頰に手を当てて。

『仮面卿ってば私を忘れてしまったのですか？　月の塔であんなにも刺激的な密会を交わした仲ですのに』

「なにっ⁉」

『なーんちゃって』

怪物がコロッと声音を戻す。

くすくすと悪魔じみた笑い声を響かせて。

『この姿だと声が二重三重に響いてしまうから、人間の耳には聞こえにくいようですね。でもそれなりに悲しいですわ。仮面卿にさえわかってもらえないなんて』

ツッ、と。

大きく膨らんだ胸を、自らの指先でなぞってみせる。人間であればさぞ豊満で魅惑的な輪郭と言えるだろう──

そして何とも妖艶な声の抑揚。

「………………」

一人だけ。

仮面卿の脳裏に浮かんだ者がいる。

「……イリーティア君……か？」

『おわかりいただけて光栄ですわ』

ざわっ。

後方の部下たちから漏れる驚愕の声。それは当然だ。王宮一、いや皇庁一とも謳われた傾国の美女と、この真っ黒い霧のような怪物。

見る影もない。

「帝国軍をそうしたのは君かな？」

『とてもとても愉快でした』

イリーティアを名乗る怪物が両手を広げた。

『世界最大の軍事力と謳われた帝国軍が、ちょっと愛でただけでこんなにも無力に倒れていく。それがもう可愛(かわい)くて可愛くて』

「……ほう」

その答えに、仮面卿は印象を切り替えた。

ルゥ家第一王女がどのような経緯でこうも変わり果てたのか。帝国軍にどんな力を振るったのか。それは後回しだ。解明には時間がかかる。

この場の最適な行動は――

利用できる。

こうもあっさりと帝国軍を壊滅させた力。始祖に加えてイリーティアまで加われば帝都を一夜のうちに墜(お)とせるだろう。

「同伴(エスコート)しようじゃないか」

イリーティアの素振りを真似(まね)て、両手を広げた。

「我々は星霊使いの同志だ。君も来たまえイリーティア君。始祖様とともに帝国を滅ぼす絶好の機だからね」

『はい。帝国など不要です。消えてもらいますわ』

「すばらしい。ならば――」

『皇庁も一緒にね』

クスクス、と。

魔女の嬌笑の意味をすぐには理解できず、仮面卿はその場でしばし立ち尽くした。

「……いま何と？」

『皇庁も始祖様も王家もみーんないらない。必要ないのです』

「……何を言っているんだねイリーティア君」

声が擦れる。

我知らずのうちに、仮面卿の喉からは水分という水分が一滴残らず蒸発しきっていた。

「君はネビュリス皇庁の王女だ。女王の愛娘だ。そうだろう」

『私は魔女ですわ』

「？」

『ずっとなりたかったのです。世界最後の魔女に。真の魔女に。帝国にも皇庁にも止められない存在に』

怪物が再び胸に手をそえる。

『始祖も純血種も皆くだらない。選ばれた星霊使いのみが君臨する王家など、理想の国にふさわしくないのです。だから滅ぼしますわ。月（ゾア）も太陽（ヒュドラ）も星（ルゥ）もみな平等に滅ぼして、私が真の楽園を創りたいのです』

「…………」

『喜んでください仮面卿。帝国を滅ぼすというゾア家の悲願は今日叶（かな）います。だから安心して倒れてください』

「……はて。君の言いたいことがよくわからないが」

仮面の下で。

仮面卿はその目を針のように鋭くした。

「つまりこういうことか。私の前にいるのはイリーティア君ではない――――――ただのバケモノ」

『切り替えが早くて助かりますわ』

黒の怪物が嬉（うれ）しそうに声を弾ませた。

『さすがの私も無抵抗な人間に手を下すのは躊躇（ためら）われます。なので、どうか思うさま力を振るってくださいまし。王家の力を。純血種の力を』

もっとも、と。

そう短く言葉を挟んで。

『無意味ですけれど』

キンッ。

鋭く、一本のナイフが路面に突き刺さった。

黒い怪物と化したイリーティアの肉体をすり抜けて、後方の路面に刺さったのだ。

「ほう?」

『まあ仮面卿ってば怖い。いきなり刃物を投げつけてくるなんて』

自らの首元に手をやるイリーティア。

ナイフが飛んできた部位。人間ならば首に刃が刺されば大出血のはずが、イリーティアには刺さらなかった。

刃が素通りしたのだ。

水や空気のように刃をすり抜けた。帝国軍の銃弾や大砲でも同様だろう。

「いったいどんな絡繰り(からくり)か気になるね。その肉体は」

『肉体なんてありませんわ。いまの私は星霊エネルギーの結晶のようなもの』

「……星霊か!」

『それより怖い、い、いものですわ』

真の魔女が手を伸ばす。

と同時、仮面卿の後方で部下たちが一斉に身構えた。

——近づかせない。

怪物じみた姿となったイリーティアの力は未知数。

帝国軍をいかなる力で全滅させたのかもわからぬ以上、最善手は、イリーティアに力を使わせる間もなく消滅させること。

「……むしろ願ってもない口実だ」

「我々が消すのは怪物。ルゥ家の王女ではない！」

ゾア家の精鋭部隊。

炎が、雷が、冷気が、衝撃が。

荒れ狂う星霊術が、全方位から、瞬(またた)く間(ま)に怪物を呑(の)みこんだ。

逃げ場はない。

何十という星霊術が連鎖反応し、破裂。その余波が竜巻じみた風となって国境検問所(チェックポイント)に吹き荒れる。続けざまにジジッ……と、光が放出されるのは極度に圧縮されたエネルギーが結晶化して具現化したものだ。

それほどの力場。

ならば力の渦の中心部ともなれば、もはや耐えられる物質など皆無の——

『ああ、なんて美しい音色』

うっとりと口ずさむような抑揚。

クレーター状に路面が大きく抉られた中心で、ヒトの形をした怪物が思いを馳せるように蒼穹を見上げていた。

傷一つなく。

『生まれつき強大な星霊を宿したあなたたち。その力が重層的に絡まり合い、奏でる合唱のなんと力強い音色。私には無かった。どんなに望んでも手に入らなかった生来の強さ。憧れますわ。だけど……』

──あなたたちって、本当に愚かね。

「っ⁉」

「……直撃したはずだ！　無傷だと⁉」

ゾア家の精鋭たちの表情が引き攣った。

倒せていない。

痛みを感じるどころか、この怪物は、これだけの星霊術を「心地よい音色」程度にしか感じていない。

『ねえゾア家の皆さま』

すり鉢状のクレーターの深部から。

怪物（イリーティア）が坂を上がってくる。クレーターの外に立つ星霊部隊が恐怖に震えおののく姿を楽しむように、一歩一歩ゆっくりと。

『生まれた時から強い星霊（ちから）に恵まれて、物心つく前からもてはやされて、重宝されてきた。そんな絢爛（けんらん）な人生を歩んできたあなたたちは、さぞ自分が選ばれた人間だと自惚（うぬぼ）れてきたことでしょう。それが私には腹立たしかった』

イリーティア・ルゥ・ネビュリス9世は違った。

星霊が弱すぎる。

ただその一点のみで、イリーティアは生まれながらの敗者となった。

——女王失格。

王宮で、皇庁で、イリーティアに忠誠を誓う者はいなかった。女王になる見込みのない王女に価値などないからだ。

ずっと孤独（ひとり）だった。

『月（ゾア）も太陽（ヒュドラ）も星（ルゥ）もみんな同じ。自分たちこそが皇庁に栄華をもたらしてきた貢献者で、星霊使いの楽園を守ってきたと思っている。でもそれは大間違い』

始祖の血脈は驕っている。

あの皇庁を「すべての星霊使いの楽園」と謳うなら、なぜイリーティアのように王家から役立たずとして突き放された敗者がいるのか。

――帝国から排斥されて。

――皇庁では役立たずと虐げられて。

弱き星霊使いの安住は、いったい何処にあるというのか。

『私が創るのです。帝国でも皇庁でもない、真に優しき星霊使いの楽園を』

「そんなバケモノの姿でかね？」

冷笑。

ゾア家の先頭で、仮面卿が、黒髪の少女の右手を力強く握りしめた。

「人間は人間に傅くものだ。王女であった頃の君ならばともかく、今の君に惹かれる者などいやしない。さあキッシング」

「……っ……！」

キッシング・ゾア・ネビュリスが顔を上げた。

星紋を宿した神秘的な瞳で、そこに立つ正真正銘の「魔女」を睨みつける。

「わたし……あなたが、怖い…………でも……」

『まあキッシング嬢。一人前に自己主張できるようになったのね。私が初めて出会った頃よりずっと大人になって』

「魔女の声に耳を貸すな。君には私がついている」

「はい叔父さま！」

純血種キッシング・ゾア・ネビュリスが吼えた。

王衣が大きくはためくほどに勢いよく両手を広げて、天を仰ぐ。

「消えて怪物っっっっ！」

ざわり、と空間が軋みを上げげた。

そこに具現化したものは、国境検問所の空を埋めつくすほどの黒い「棘」。

――棘の行進『森羅万消』。

何十万におよぶ星霊の棘。

降りそそげば国境検問所を施設もろとも分解して消滅させるだろう。それが前後左右、全方位からイリーティアを覆い囲むように展開。

そして一斉に突き刺さった。

『ッッッ！』

黒の怪物が悲鳴を上げて……

一瞬後、その悲鳴さえ棘によって掻き消されて消滅した。最初から何も存在していなかったかのように。

「き、消えた？」

「……キッシング様の棘で消え去ったんだ」

呆然と立ちつくす部下たち。

そんな彼らの前で、仮面卿は少女の頭を優しく撫でていた。

「よくやったキッシング。案外あっさりしたものだったね。バケモノの姿になっても消滅させられれば一溜まりもない」

「…………は、はい……叔父さま」

対してキッシングは荒々しく肩で息をする状態だ。

最速の最大攻撃。

相手は何をするかわからない怪物だった。回避も防御もさせないために、自分の持てる全力を出した。

「…………ほ、本当に倒せましたか……」

「ああ。見たまえ。あの醜い怪物はもうどこにもいない。……そうだね。イリーティア君がこんな最期を遂げるのは私とて本意ではない。だがあのまま怪物として生きるよりは、いっそ眠らせてやるのが慈悲だろう」

パチ、パチと部下から小さな拍手。

それはキッシングの勝利を称えたものか、それとも怪物と化した王女に贈るせめてもの餞か。

「後味の悪い戦いだった。さて……」

仮面卿が手を挙げる。

拍手を止めろ。その意を読み取って部下たちが手を止めていくが、まだ拍手を止めない者が手を打ち鳴らしている。

「もう十分だ」

パチ、パチ。

「もう止めろと言っている。誰かな?」

仮面卿が振り返る。

そこに拍手を続ける部下はいなかった。

「っ⁉」

拍手をする者がいない。

だがこの広場には今もパチパチと拍手が続いているではないか。

「……っまさか⁉」

『ひどいわキッシング嬢。とっても痛かった』

虚空（こくう）から黒い光が噴きだした。

星脈噴出泉（ボルテックス）じみた噴出によって黒い気流が渦を巻き、ぐるぐると凝縮しながらヒトの形をした輪郭（シルエット）を描いていく。

「……馬鹿な」

仮面卿の頬を伝っていく汗。復活した始祖を前にしても崩さなかった平静が、未曽有の恐怖に呑まれていく。

それは黒髪の少女も同じ。

「……ぁ……っ……そ、…………うそ…………」

『ああごめんなさいキッシング嬢。そんな怯（おび）えた目で見られるのは慣れてないから、私としても心苦しいわ』

嗤（わら）っていた。

そんな謝罪の言葉を吐きながら、怪物の声は嬉しそうに弾んでいた。

『でも魔女とは怖いものだから。今の私こそが正しいのよね』

ぼぅ、っと。

黒く透き通った怪物の、ちょうど喉のあたりに光が灯った。

それは——

まだイリーティアが人間であった時、「声」の星紋があった部位。

『私の星霊は「声」。他人の声を真似するしかない力。戦いにも政治にも利用できない。せいぜい曲芸にしか使いようのない役立たずな力でした』

怪物が天を仰いだ。

まるで登壇した歌劇歌手さながらに。

『この力を得て、この姿になって。私も、私の星霊も生まれ変わることができたのです。星の終わりの歌を紡ぐ、星歌の星霊へ』

「声」は、「歌」へと昇華した。

神星変異。

王女イリーティアを変えた災厄は、その身に宿る星霊さえも変異させた。

『世界最後の魔女の呪文』

真の魔女が紡ぐ。

世界を変貌させる災厄の呪文。

──『星の鎮魂歌を聴かせてあげる』

Chapter.3 『大敵（アークエネミー）』

1

帝都、地下五千メートル。

百年前に「星のへそ」と呼ばれていた地下採掘場に代わり、現在は帝国の最高権力機関である帝国議会が存在する。

昇降機（エレベーター）を一歩降りたそこには、何百人分の議員席が敷かれた厳かなホールがある。

イスカはむろん、誰もがそのつもりで訪れて――

そこは空っぽだった。

崩落した天井。

壁にはロケット砲でも着弾したかのような大穴が開き、床では八大使徒のモニターが無惨に砕け散っている。

だが何よりも驚くべきは。

「ひっ⁉」

ソレを見た途端、シスベルの声が裏返った。

隣に立っていたミスミスと音々があまりの驚愕に息を呑み、後方のジンさえも訝しげに目を細めたほどだ。

「……おい。これは何の冗談だ」

ジンの舌打ち。

彼が見上げたのは壁の正面だ。散乱した瓦礫が散らばるそこには、ほぼ原形を留めないほどに拉げた銀色の機械兵が倒れていた。

「イスカ、このデカブツは……」

「巨星兵だと思う。八大使徒が乗っていた機体と同じだ」

それがもう一機。

ただし跡形もないほどに破壊されている。

天井の崩落に巻きこまれた？

否。その程度では到底済まされない、徹底的なまでに無慈悲な壊され方だ。そして気になることがもう一つ。

「……どこだ」

議会場のホール跡を見回す。

明かりになるものが昇降機のわずかな光だけ。その中で目を凝らす自分を見上げて、シスベルが不思議そうに近づいてきた。

「イスカ？　さっきから何を探しているのです？」

「八大使徒」

「え？」

「八大使徒のモニターが一つ残らず割れ砕けてる。巨星兵がこうも徹底的に壊されていて、議会場のこの荒れ具合は……」

つっ、と汗が頬を伝っていく。

まさか。

脳裏に浮かぶ可能性は一つきり。だが、そんなことがあるのか？

――八大使徒が敗れた。

この議会場で何かと戦ったのだ。

巨星兵がそれを示唆している。が、この巨人をこうも凄惨に破壊し尽くせるような力が、自分(イスカ)にはそう簡単に思い浮かばない。

「……八大使徒でも手に負えなかったと」

ぼそりと。

璃洒(リシャ)の唇から零(こぼ)れた独白が、しんと静まるホールにこだました。

「ほんと厄介な化け物を造ってくれたものよねぇ。この様子じゃとっくに完成してますよ。ねえ陛下どうします？」

『そのための現場検証さ』

銀色の獣人が振り向いた。

ストロベリーブロンドの髪をした少女を、まなざしで促して。

『おいでシスベル王女。もう一働き頼もうか』

2

帝国領、第7国境検問所(チェックポイント)。

いま思えば――

自分は信じるべきだったのだ。

昨晩、あの夜空を覆いつくす黒雲から感じた「災いの予兆」を。

「アリス様、先行部隊から報告です。第7国境検問所の上空にいた始祖が姿を消したとの報告……！」

「っ！　せっかくここまで追いついたのに！」

国境検問所。

ゲートが間もなく見えるであろう地点で、運転席の老従者シュヴァルツが耳に通信機をあてそう叫んだ。

「第7国境検問所はもぬけの殻とのこと。民間人はおろか帝国軍も早々と撤退しております。いかがされますか？」

「直進して」

後部座席から身を乗りだす。

「始祖が向かった先は間違いなく帝都よ。この先が無人なら好都合よね。このまま私たちも帝国に素通りできるわ」

「はっ。しかしここから帝都までは丸一日以上かかります」

「……承知の上よ」

太もの上で拳を握りしめる。

飛行機と列車を乗り継いで、さらに車で幹線道路(ハイウェイ)を爆走してようやく帝国に到着した。始祖の出現した国境検問所(チェックポイント)が目と鼻の先だというのに。

……取り逃したわ。

……あと三十分早ければ、この国境検問所(チェックポイント)で始祖を捕まえられたのに。

ただし悔やむのは後だ。

「シュヴァルツ！　帝都に潜りこんでる諜報員(ちょうほう)に連絡して。今すぐ帝都から離れなさい。始祖が現れたらあなたたちまで危険だって」

「はいアリス様。ですが少々お待ちを……」

「え？」

「……ふむ。承知した」

通信機に向かって頷(うなず)く老従者。

「先ほどの部隊から報告です。この第7の奥に第8国境検問所(チェックポイント)があります。ゾア家がそこを通過したとみられるのですが」

「ええ。それも別部隊が追跡してるのよね」

「連絡が途絶えました」

「？　どういうこと。ゾア家を見失ったってこと？」

「……いえ」

運転席の老人が、重たげに首を横に振ってみせた。

「第8国境検問所(チェックポイント)にいた我々の別部隊が、数分前から応答がなくなったと。通信機の故障だけなら良(い)いのですが……」

「ゾア家に気づかれた？」

「消えた始祖が、第7から第8国境検問所(チェックポイント)まで移動した可能性もあります。帝都の前に、片っ端から国境を崩壊させるつもりかも」

「――――」

嫌な予感がする。

昨晩に感じた「不吉」をアリスが思いだしたのは、その時だった。

「方向転換よシュヴァルツ、第8国境検問所(チェックポイント)ならすぐ近くよね。今すぐ向かって！」

「かしこまりました」

幹線道路(ハイウェイ)を左へ。

第7ではなく、部下からの連絡が途絶えた第8国境検問所（チェックポイント）へ。

そこで――

アリスが目にしたのは、無人の検問所だった。

「……えっ!?」

目を疑う。

民間人がいないのは理解できる。始祖の襲撃を恐れて逃げたのだろう。

だが帝国軍はどこへ行った？

鉄柵のゲートは開きっぱなし。警備役の帝国兵がいない。唯一、星霊エネルギーを感知する警報（ブザー）だけがけたたましく鳴り響いている。

「シュヴァルツは待機。通信を任せるわ」

老従者を車内に残し、アリスは外へ飛びだした。

第8国境検問所（チェックポイント）を一人で進んでいく。

しかし奇妙なことに、どれだけ進んでも戦いの形跡が見られないのだ。

……ここをゾア家が通ったのよね。

……仮面卿（きょう）とキッシングがいたなら、帝国軍と争いになってもおかしくないのに。

抗争の跡がない。

帝国軍とゾア家の精鋭が衝突すれば、銃弾がそこかしこに落ちていたり星霊術の痕跡が残っているはずなのに。

ふつふつと込み上げていく疑問と違和感。

そのすべてが――

地に倒れた何十人もの犠牲者を前にして、爆発した。

帝国軍と星霊部隊が、全滅していた。

銃を構えたまま倒れた帝国兵。

何かに向けて星霊術を発動しようと手を伸ばして、そのまま倒れたらしき星霊部隊。

帝国、皇庁の区別なく――

何もかもが平等に、残酷に、壊滅していた。

「仮面卿!?」

倒れた無数の者たちの中に、仮面をつけた男がいた。

ゾア家の当主代理が。

「仮面卿!? 起きてください、いったい何が……!?」

外傷はない。

なのに、どれだけ名を呼んで頬を叩いても目を覚まそうとしないのだ。

昏睡？

それとも極度の衰弱か？

「……仮面卿までこんな……嘘でしょう………」

異様としか言いようがない。

帝国軍にも星霊部隊にも傷を負った者が一人もいない。まるで全員が醒めない夢に呑まれたかのように全滅している。

始祖ではない。始祖の大破壊とはまるで正反対の――

『あら。誰かと思えば』

ぞくっ。

何もいないはずの後ろから声がした。

襟首から氷塊を入れられたような寒気に、アリスは弾かれたように振り向いた。

そこに――

真っ黒い透き通った肉体をした、ヒトの形をした怪物が立っていた。

「ひっ⁉」

喉が引き攣り、声にならない悲鳴が漏れた。

何だ。何だこの怪物は。

『アリスじゃない。あなたまで帝国に来ていたのね。シスベルを助けに来たの？』

「…………………え？」

『ひどいわ。いま私を見て悲鳴を上げたわね？』

怪物が頬に手をあてる。

まるで優雅に微笑む女性のような仕草と、こちらに語りかけるような口ぶり。

なぜ自分の名を知っている？

そして親しげなのだ。声が二重三重に響いているせいで聞き取りにくいが、口調そのものは穏やかで品格さえ感じさせる。

どこか――

どこか懐かしいその声は。

「…………………うそ……でしょ……」

思えば。

これに近い現象を起こした人間を、自分は知っている。

――魔女ヴィソワーズ。

ヒュドラ家の少女が、人間ならざる姿に変貌してイスカに襲いかかったという。

今、アリスの脳裏に浮かんだ人物は。

「……おねえ……さま……？」

『ふふっ。大当たり』

怪物が変貌していく。

真っ黒い肉体に色がつき、女神のごとき美貌の女性へ――

大きく波打つ髪は、金を帯びた翡翠色。

目鼻立ちの整った相貌は美しく。今にも零れ落ちそうなほど豊かな胸元が黒のウェディングドレスから覗いている。

「…………」

血を分けた姉。

その怪物の正体にもはや言葉が出てこない。全身から血の気が失われていくのがわかる。

この場に姿鏡があれば、自分の唇は真っ青に染まっていただろう。

対して――

「ねえアリス」

姉のまなざしは、不気味なほどに優しかった。

「私ね、滑稽に思うのよ。私ならすぐに逃げていたわ。でも彼らは違った」

姉が振り返る。

その先には、倒れた帝国軍と星霊部隊。

仮面卿もそこにいる。

「私には勝てないって、彼らもきっと悟ってた。でも彼らは知らなかったのよ。帝国軍も星霊部隊もみんなそう。常に強い立場で獲物を狩る側だったから、逃げることを経験してなかったの。だから一人も逃げなかった」

地の端まで累々と。

目覚めることなく意識を奪われた者たちが転がっている。

「あっけないわ。与えられた武器と生まれ持った星霊に甘んじていた人間は、こんなにも脆かったのね」

「……お姉さまがやったのですか。この者たちを」

にっこりと。

姉が満面の笑みで微笑んだ。

「だって邪魔なんですもの」

「っ！」

その一言が――

アリスが十七年間で描いてきた「姉というもの」の像を、木っ端微塵に打ち砕いた。

目の前にいるのは姉。

だが自分の知っている姉の心には、文字どおり怪物が宿っていたのだ。

「お姉さま……」

震える唇で、必死に言葉を紡ぎ上げる。

「……お姉さまは……いったい何がしたいのですか。王家の仲間を邪魔と言い、帝国軍どころか仮面卿まで巻きこんで……」

「ねえアリス」

そう応える姉のまなざしは優しかった。

「星霊を宿した者たちは星霊使いと呼ばれてきたわ。星霊使いは、帝国から危険視される。そんな彼らに手を差し伸べて受け入れてきたのがネビュリス皇庁。『すべての星霊使いの楽園』と謳われてきた」

「……お姉さま？　いったい何を」

「嘘ばっかり」

姉の目は笑っていた。

慈愛の笑みではない。

それは、どうしようもない愚者に向けた冷笑だった。

「ネビュリス皇庁という国は星霊至上主義。強い星霊を宿した者が台頭し、そうでなき者は舞台に上がることとさえ許されない。星霊使いを特別視するという意味では、帝国よりも酷いところよ」

「……なっ⁉　何を言いだすんですかお姉さま！」

青ざめた唇で、アリスは声の限りに叫んだ。

「た、確かにそうした側面はあるかもしれませんが、強い星霊使いが重宝されるのは防衛のためです。そうしなければ帝国に対抗できないから……」

「女王も？」

「女王もです！　強い星霊がなければ、帝国の刺客に太刀打ちできません！」

確固たる理由があるのだ。

百年以上もの間、女王聖別儀礼で強い王女が選ばれてきた理由がある。

「女王様だって言っていますわ。国民に安心を与えるのが女王の務めだと。それが全てだとは言いませんが、星霊の強さは女王に求められる素養の一つです！」

「帝国に対抗するために？」

「そうです！」

「じゃあ帝国を倒した後は？」

「……え？」

「アリス、あなたの主張は正しいわ。少なくとも『帝国を倒す前』までは大義として成立する」

姉の視線がこちらに向けられる。

「ならば帝国打倒を成し遂げた後は？　私のような星霊使いとしての弱者がちゃんと認められる世の中になるかしら」

「……そ、それは」

「ならないわ」

姉の唇からこぼれる嘆息。

この世のすべてに絶望したかのごとき、深い深い諦観を露わにしながら。

「だってそうでしょう？　帝国を倒したとすれば、それは強い星霊使いのおかげよね？　なら強い星霊使いがさらにもてはやされる時代になるだけじゃない。弱い星霊使いは、ますます立場が小さくなるわ」

「……っ」

「わかった？　帝国を倒したところで、ネビュリス皇庁の星霊至上主義はむしろ加速する。生まれながらの強大な星霊にモノを言わせて帝国を撃破して、強い女王が褒め称えられる。何も変わりはしない」

「……で、ですがお姉さま……！」

「だから決めたの」

姉が、自らの豊満な胸元に手をあてた。

「帝国も皇庁も壊してしまえ、って」

その一言に。

アリスは今度こそ言葉を失った。

「……お姉さま」

「私のような弱い星霊使いは世に沢山いるわ。そんな彼らが真に認められる楽園を創るの。それはアリス、あなたのような強者には実現できないこと……いえ……むしろ邪魔なのよ。

消えてもらいたいくらい」

「っ！」

「あなたも仮面卿と同じようにしちゃおうかしら」

　アリスは察するのが遅すぎた。

　穏やかな姉の微笑みが――

　獲物を前にした捕食者の笑みであることに。そして姉は、自分を手に掛けることも一切厭わないだろう。

　咄嗟にアリスが身構えようとして――

「でもやーめた」

　突然だった。

　姉が、いきなり肩をすくめておどけてみせたのだ。

「可愛い妹だもの」

「……え？」

「なるべくそっと、野の花を摘まむように遊んであげたいの。けれどあなたは強いから。なまじ抵抗されると困るのよね。いまの私だと力の調節ができずに壊してしまいそう」

「――お姉さまっ！」

その瞬間、全身の恐怖が消し飛んだ。

見下されている。

その純然たる屈辱に、全身の血が煮え立つほどに熱くなる。

「いい加減にして！　たとえお姉さまだって、そんな敵対的な態度をされるのでしたら、わたし容赦しません！」

「ねえアリス」

喉が嗄れるほどに強く叫んだアリスに――

姉は、ただ淡々と。

「あなた、あなたを守ってくれる騎士はいるかしら？」

「？」

「限界が来たのよ。ほら今も」

姉がこちらを指さした。

たった一人で立つ自分を。

「あなたはずっと一人で戦ってきた。戦ってこられた。けれど今、あなたは自分より遥かに強い存在を前にしているの」

「……それは、やってみなければわかりません！」

「そういう意味じゃないわ」

姉が首を横にふる。

「これは魔女と騎士の話」

「……何を」

意味がわからない。

姉は何を言っているのだ。

騎士？　なんだその古めかしい概念は。

いまは軍人や私兵、護衛官の時代だ。そんな時代錯誤の単語が姉の口から発されること自体、アリスには疑わしく思えてしまう。

こちらの気を惑わす話術ではないか？

そう警戒したくなるほどに、姉の言葉は突拍子もないように感じられたが。

「ふふっ。あなたにはまだ早いかしら。大人の話だもんね」

姉は高揚していた。

興奮を隠そうともせず頬を赤らめ、照れたようにその頬に手をあてて。

「私には必要だったのよ。私はとても弱かったから」

「……？」

「魔女は弱い生き物だから、守ってくれる騎士がいないと戦えないの。そう。いつだってどんな時代だって、『騎士』とは姫を守ってくれる象徴なのよ」

「……お姉さま？」

「アリス、星霊はね、あなたが思うほど万能じゃないの。現にいま、あなたの星霊は私を恐れて自動防衛も畏縮している。だからほら」

「え？」

「ヨハイム、手加減してあげてね」

気配はなかった。

無音で忍び寄ってきた人影に気づいたアリスが、慌てて振り向こうとした瞬間。

――ズッ。

脇腹に激痛が走った。

剣の柄で脇腹を突かれた。そう察した時にはもう、内臓にまで及ぶ痛みと衝撃によって意識を一瞬断ち切られ、アリスはその場に倒れこんだ。

「っ！……か……ぁ………？」

あまりの激痛に息ができない。

猛烈な吐き気と目眩(めまい)に、まともに上を見上げることもできず地に膝をつく。

「……だ……だ、れ…………っ⁉」

目をみひらいた。

膝をついて咳(せ)きこむ自分(アリス)が、霞(かす)む視界のなか見上げた先には——

大剣を携えた、紅髪の帝国兵士。

使徒聖第一席、「瞬(またたき)」の騎士ヨハイム。

見間違えるわけがない。

女王宮を襲撃し、母である女王を斬った極悪人。

さらにはイリーティアを斬った男でもあるが、それは他ならぬ姉自身の策略であったこともアリスは知っている。

……そうよね。そうだったわ。

……あの時の帝国軍を呼び寄せたのも、お姉さまとあなたの仕業。

アレを境に皇庁は激変した。

この男に斬られたことで静養を余儀なくされ、女王は求心力を失った。三王家の分裂は決定的になったのだ。

許しがたい。

この男さえいなければ。

「っ……ぐ…………！」

「ほらね？　魔女は脆いのよ」

姉の微苦笑。

その姉が背を向け、ヨハイムの隣へと歩いていって。

「これが私たちの違い。私の隣には騎士がいる。アリス、あなたには、あなたの隣で戦ってくれる騎士がいるかしら？」

「……っ！」

「いないのよ。あなたは強すぎた。一人で戦ってきた。だからあなたの隣に騎士はいない。それが私に勝てない理由」

「…………お姉……さま……っ！」

「そして気が変わったわ。あなたの苦しむ姿が不憫すぎるから」

魔女が頰を紅潮させて。

「アリス、やっぱり今ここで消えてちょうだい」

3

地下五千メートル。

わずか一時間前まで帝国議会が存在していた空洞で——

〝さようなら旧時代の大罪人たち〟

〝『星のへそ』と、権力の証たる帝国議会。共に潰えるのなら本望でしょう?〟

降りそそぐ瓦礫。

八大使徒が憑依したモニター群が、帝国議会の崩壊に巻きこまれて消滅した。

その再現を経て。

「はぁ……っ……ぁ…………で、ですから一度にどれだけわたくしの星霊を酷使させる気ですか！　もう限界ですってば！」

シスベルが力尽きて座りこんだ。

と同時、胸に輝いていた「灯」の星紋がみるみると光を失っていく。

「わたくしの灯の長時間再現は……はぁ……ぁ……息をじっと止め続けるようなもので、

本当に限度があるんですから！」

荒らげた息を必死に整える。

イスカたちの見守るなか、皇庁の第三王女がふっと真顔になった。

「……イリーティアお姉さま……」

消え入りそうなほど微かなその声は。

堪えきれない嗚咽と、いまだ事実を受けとめきれない呆然の混濁だった。

魔女イ、イ、イリーティア。

灯が再現した映像内で——

女神のごとき美貌の王女が怪物に変わり果てた瞬間は、イスカをして動揺を抑えきれなかった。血を分けた妹が衝撃を受けるのも当然だろう。

「前にもいたな」

ジンの呟き。

「ヒュドラ家のヴィソワーズだっけか。あれも人間じゃねえ姿に変化して襲ってきただろ。あの同類か」

「おっとジンジン、それは危うい理解よん」

「……なに？」

「同類なのは正解。八大使徒が命じ、狂科学者の実験であなたって意味ではね。ただイリーティアだけは生まれちゃいけなかった」

璃洒が、眼鏡のブリッジを押し上げる。

レンズの奥で、怜悧な双眸を針のごとく鋭くして。

「八大使徒でさえ制御できなかった。さあどうします陛下。アレを抑えこむのはさすがに手を焼きますよ？」

『……もう。心の底から恨むよ八大使徒』

銀色の獣人がやれやれと溜息。

『自分たちでも手に負えない怪物を作るだけ作って舞台から去ったか。しょうがない……進化しきる前に追跡しようか。というわけだよ黒鋼の後継』

「っ」

天帝の横顔。

星剣を見つめる視線を察して、イスカはその場で息を呑んだ。

「……彼女を止めろと」

『アレはもう彼女でも王女でもない。放っておけば帝国と皇庁がまとめて滅ぶ。そういう次元にまで進化する怪物だからね』

「ま、待って!」

座りこんでいたシスベルが叫んだ。

燐に手を借りて、よろめきながらも立ち上がる。

「……お姉さまを止めにいくのですね」

『もうアレはお前の姉じゃない。世界を滅ぼす魔女だよ』

「姉です!」

天帝を睨みつけ、シスベルが唇を噛みしめた。

「……どんなに変わり果てても姉です。わたくしに話をさせてください」

『話を? 悲しい結果になるだけだと思うけどねぇ』

「それでも行くのです!」

『いいよ』

「……え? いいのですか」

『あの魔女に情なんてものが残っているとは思わないが、〇・〇一パーセントでも懐柔の余地があるなら試してみよう。ただし失敗して苦しむのはメルンじゃない。お前だよシスベル王女。覚悟しておきな』

ぱちん、と。

天帝ユンメルンゲンが指を打ち鳴らす。

『星の防衛機構「ファージ」』

真っ白。

ペンキか何かで塗りつぶしたかのようなグネグネと蠢(うごめ)く壁が、自分(イスカ)たちを覆い囲むように空中から出現した。

「ひぁっ⁉」

「な、何この気持ち悪いの⁉　動く壁⁉」

音々が跳びさがり、ミスミス隊長が青ざめて。

その背後では燐が「危ない！」とシスベルを抱きしめる。そんな三者三様の反応を横目でチラリと見やって――

『百年前メルンに憑(つ)いた星霊は、星の防衛機構を担(にな)う奴(やつ)でね。人間でいうなら白血球とかそういう免疫システムみたいなもの。これが困ったことに星を守るためという名目でしか言うことを聞かなくてね』

天帝が、指揮者のごとく指を振ってみせた。

『聞こえるかい星霊たち。あの魔女と戦ってやるから残り香を追うんだよ。メルンたちを運んでおくれ』

――Is io miel(そうなりますように)――

男性か、女性か。

子供か、大人か。

あらゆる面で中性的な声が自分たち(イスカ)を囲む壁から伝わって、視界が一瞬大きくブレた。

突然の眠気のように意識が千切れそうになり――

第8国境検問所(チェックポイント)。

気づいた時には。

目の前に、鉄網で囲まれた検問所の敷地(しきち)が広がっていた。

「まさか国境ですか⁉　わたくしたちが飛ばされたということは、イリーティアお姉さまがここにいると……！」

「帝都から数百キロ離れた国境まで一飛びか。ずいぶん仰々しい力だ」

あたりを見回すシスベル、その横では呆れた口ぶりの燐。

が。燐はすぐさま表情を引き締めた。

――警報。

検問所の星霊エネルギー検出器に自分が引っかかった。そう解釈して咄嗟に身構えたのだろうが。

「どういうことだ？」

燐が訝しげに目を細める。

「警報がこれほど鳴っているのに、なぜ帝国兵が現れない、おい帝国剣士？」

「……僕もわからない。確かに異常だと思う」

無人なのだ。

民間人どころか帝国兵一人見当たらない。なのに検問所のゲートは開きっぱなし。帝国の防衛拠点とは思えない。

「ミスミス隊長、僕らでこの奥に…………っ！」

検問所の広場。

その奥にうっすらと見えた「人影」に、イスカは息を呑んだ。

「燐、シスベルを任せた。ここで止まって！」

「なに？……お、おい帝国剣士⁉」

広場目指して走りだす。

そこに集まっていた無数の「人影」が徐々に鮮明になっていくことで、すぐ後方を走るミスミス隊長が喉を引き攣らせた。

「……そんなっ⁉」

地に倒れた何十人という人々。それは帝国軍と星霊部隊の混在だった。

銃を構えたまま倒れた帝国兵。

何かに向けて星霊術を発動しようと手を伸ばして、そのまま倒れたらしき星霊部隊。

帝国、皇庁の区別がない。

誰もが無差別に全滅していた。その中には——

「見覚えあるやつがいるな」

ジンが早足で進んでいく。

その靴先が、男がつけた仮面に触れてコツンと響いた。

仮面卿。

ゾア家の純血種まで倒れていることに、ジンさえ怪訝な口ぶりで。

「こいつがいるってことは、ここにいる倒れた奴らはみんなゾア家の星霊部隊か。ここで帝国軍と相打ちになった……か？」

「で、でもジン兄ちゃん、戦闘の跡がないよ⁉」

音々がおそるおそる星霊部隊の一人に近づく。

うつ伏せに倒れた者を仰向けにしても、全身どこにも外傷がない。帝国軍と激突して倒れたなら銃弾の痕があるはずなのだ。つまり――

「戦っていない？」

そう呟きながら、イスカ自身もまだ確信が持てていない。

……僕たちはイリーティアを追ってきた。

……なら、この無差別の壊滅がイリーティアの仕業だっていうのか⁉

八大使徒を消滅させて。

続けざまに帝国軍と星霊部隊をも壊滅させた。いったい何が目的で――

「イスカ君っ！」

ミスミスが吼(ほ)えた。

銃を構えた隊長が見据える方角から、幼げな黒髪の少女が歩いてきたのだ。その容姿に、イスカは確かに見覚えがあった。

「キッシング⁉」

「――――」

眼帯を外した素顔で、黒髪の少女がよろめきながら近づいてくる。

「離れろ！　隊長も音々も……ジン！」

「わかってる」

イスカが星剣を握りしめ、ジンが狙撃銃で狙いをつける。

少女は無反応。

なぜだ？

ミュドル峡谷で戦った時の、あの無数の棘(とげ)を一切展開しようとしない。ふらりふらりと、おぼつかない足取りで近づいてきて――

「……おじさま……」

膝からくずおれた。

意識のない仮面卿に覆(おお)い被(かぶ)さるように、キッシングがその場でうずくまる。

そう。

敵(イスカ)など彼女の目に最初から映っていなかったのだ。

「……だめ……おじさま……目を開けて！…………お願い……ごめんなさいごめんなさい。

わたしが……わたしが弱かったから！」

　黒髪の少女が、倒れた男を抱きしめる。

「弱かったせいで……おじさまが、わたしを庇って……きっと逃げられたはずなのにっ！　ごめんなさい……ごめんなさいおじさま！」

　泣き続ける少女。

　武器を構えた帝国兵が目の前にいるのに、少女は棘を展開することも忘れ、親しき者を抱きかかえて泣き叫んでいた。

「ちっ」

　舌打ちしたジンが、銃を下ろした。

「隊長(ボス)も銃を下ろせ。こいつは俺らなんざ目に入っちゃいねぇよ。こっちから手を出して刺激するより、今は放置だ。後で捕縛する」

「う、うん。アタシもそれで――」

「お姉さま⁉」

「アリス様っ⁉」

重なる悲鳴。

シスベルに続く燐の叫び声が聞こえてきたのは、その時だった。

仮面卿から離れた方へ二人が駆けていく。目指す先に、豊かな金髪を乱して倒れている少女がいた。

——アリス⁉

ドクン、と脈打つ鼓動。

皇庁にいるはずのアリスがなぜ帝国の国境に？　だがそんな疑問は後回しだ。

「何だって⁉」

燐とシスベルが走っていく背中を、イスカは反射的に目で追っていた。

ぞっと噴きだす冷たい汗。

広場に倒れている帝国兵と星霊部隊は、原因不明の昏睡状態に陥っている。

同じく倒れているアリス。それが同じ症状のように自分には思えた。

……まさか嘘だろ。

……アリスまで⁉

「お姉さま！　お姉さまってば！」

「アリス様、どうか目を覚ましてください、アリス様！」

シスベルが叫び、燐が激しく肩を揺らす。

どれほどそうしていただろう。

無我夢中で名を呼び続ける二人の前で、金髪の少女の唇が微かに動いた。

「……っ……ぅ」

「お姉さま⁉　燐、いまお姉さまの口が！」

「はい！　アリス様、ご無事ですか！」

「…………っ……けほっ！……こほっ…………！」

金髪の王女が激しく咳きこんだ。

ひとしきり荒々しく呼吸を繰り返した後、艶やかな睫毛とまぶたがゆっくりと持ち上がっていく。

「……燐……シス……ベル……？」

アリスが目を開けた。

その周囲に倒れた帝国兵や星霊部隊とは違った。アリスだけはただ一時的に気を失っていただけらしい。

「アリス様！」

感極まった燐が、主を勢いよく抱きしめて。

「心配しました、よくぞご無事で……いったい何があったのです！」

「それは――――っ！」

口を開こうとしたアリスが、ビクッと目をみひらいた。

状況を察したのだ。

ここは帝国の国境検問所（チェックポイント）。そして燐とシスベルの後方には――

……イスカ？

アリスの唇が。

声に出さずに、けれど自分の名を紡（つむ）いだのを確かに見た。

「……僕らもいま駆けつけたところだ」

近づきすぎない距離。

あくまで帝国兵として距離を保ち、座りこむ王女へとイスカは発した。

会話そのものは問題ない。

ルゥ家の別荘、そしてシスベル奪還作戦の時も。少なくとも第九〇七部隊にとっては、自分とアリスが言葉を交わすことも不自然には映るまい。

「いったいここで何が起きたんだ。帝国軍だけじゃない、ここに来るまでに何十人っていう星霊部隊が倒れてた。仮面卿もだ。……知ってるんだろ？」

「――――」

燐とシスベルが見守るなか、アリスが無言で唇を噛みしめた。

瞳に滲むのは、悲愴。

それもイスカが目を疑うほどに弱々しい姿ではないか。

『イリーティアだろう？』

人ならぬ声。

後方から現れた銀色の獣人に、アリスが声にならない声を上げて身を竦ませた。

『おっと酷いねネビュリスの姫。お前の前にいるのは帝国の最高権力者なのに』

「……あなたが……天帝っ⁉」

『驚く必要はない。だってお前はメルンより醜いものを見たはずだ。自分の姉がバケモノになった姿を目撃したんだろう？』

飄々と歩いてくる天帝。

燐とシスベルに挟まれたアリスを、じっと覗きこむように観察して。

『ふうん？』

天帝ユンメルンゲンが目を細めた。

どこか懐(なつ)かしげに。

『初代女王(アリスローズ)によく似てる。そっくりだ』

「……え？」

『まあいいや。さあシスベル王女、三度目といこうか』

「ま、またですの⁉」

シスベルが手で胸元を隠すようにして。

「もう疲れ果てましたわ！　一日の発動限界をとっくに超えてます！」

『あとで帝国一のケーキ店に連れて行ってあげるよ』

「結構です！……あ、いえケーキ店はやぶさかでありませんが、だからって灯(ともしび)の星霊を酷使しすぎると、反動で数日間は使い物にならなくなるんですってば！」

『お前だって気になるだろう？』

天帝が両手を広げてみせた。

帝国兵と星霊部隊が全滅している、この広場を見わたして。

『ここで何が起きたのか。十中八九イリーティアの暴走だろうけどね、あの怪物がどんな力を持っているのか下調べが必要なんだよ』

「……本当に最後ですからね」

胸に手をあてていたシスベルが、大きく溜息。

「では」

「――やめてっ！」

絶叫めいた悲鳴。

倒れた仮面卿を抱きしめたまま、黒髪の少女が突如として目をみひらいたのだ。

血の気を失った真っ青な相貌。

それは、シスベルの力に対しての「やめてっ！」ではなかった。

少女が恐れたものは――

「来る」

虚空から黒い気流が噴きだした。

〝暴走だなんてとんでもない。紛れもなく私の意思ですわ〟

気流が渦を巻いて凝縮していく。

ヒトの形へ。

女性特有のくっきりした凹凸を帯びた輪郭が生まれ、やがて女神のごとき美貌の女性が現れた。

「……お姉……さま……？」

「久しぶりねシスベル。元気そうで何よりだわ」

長女がしっとりと微笑んだ。

震え声を絞りだすので精一杯の三女に向けて。

「ヒュドラ家に連行されたと聞いて心配したのよ？　乱暴はされなかったかしら？」

「…………」

「どうしたの、そんな青い顔をしちゃって。具合でも悪いなら言ってちょうだい？　ああそうね、ここが帝国だから不安なのかしら」

「――バカにしないでください！」

歯を剝き出しにしてシスベルが吼えた。

「お姉さまは妹をバカにしすぎです。……わたくしは全て知っているのです。お姉さまがすべての黒幕ですわ。帝国軍が王宮を襲った事件の裏で手を引いていたこと。わたくしがヒュドラ家に襲われたのがお姉さまの指図だったことも！」

「…………」

「この場だってお姉さまがやったのでしょう！」

ふるふる、と。

長女に突きつけた指先が細かく震えている。

「お姉さま！　わたくしにはお姉さまが理解できません！　いったいなぜこのような……帝国はおろか皇庁まで敵に回すような真似(まね)を！」

「だって邪魔だもん」

「…………え？」

「ぜんぶ話すつもりはないわ。さっき仮面卿に話したばかりだし。……ああその仮面卿がもう口もきけない状態だものね」

「……お姉さま」

シスベルが絶句。

わなわなと唇を震わせながら後退。

察したのだ。目の前の姉は、もう自分が知っている姉ではないと。

『ネビュリス皇庁、第一王女イリーティア』

銀色の獣人が前に進みでた。

『ずいぶん侵食されてるようじゃないか。バケモノになった心地はどうだい？』

「まあ、初めまして天帝陛下」

イリーティアが恭しくお辞儀。

舞踏会のダンス相手を前にしたかのように、スカートの端を摘まんで持ち上げて。

「八大使徒は消えました」

『知ってる』

「帝国軍も、星霊部隊も。みんなみんな心地よい眠りについていますわ」

『見ればわかる』

「だ、か、ら」

自らの唇に指先をそえて、イリーティアが艶めかしく唇を吊り上げた。

実に楽しげに。

「あとはこの場の皆を消せば、邪魔者っていなくなるでしょう?」

「……っ!」

ほぼ反射的に、イスカは対の星剣を抜いていた。

ジンやミスミス隊長、音々も同じく銃を構えている。

お前たちを消す——

八大使徒とイリーティアの戦闘を「灯」で見ていたからこそわかる。冗談や挑発の類ではない。目の前の魔女はそれだけの危険を秘めている。

「天帝陛下。あなたが消えさえすれば、私の楽園はぐっと近づきますわ」

『んー。どうだろうねえ』

ユンメルンゲンが首を傾げてみせた。

きょろきょろと辺りを見回す仕草を挟んだ後に、正面のイリーティアへと向き直る。

『遅いじゃないかクロ』

「っ！」

イリーティアが、弾かれたように身を翻した。

黒い閃光。

イリーティアの上半身を斬り裂く勢いで迫る閃光が、ほんのわずか、髪の毛一本ほどの差で彼女を掠めて通り過ぎていく。

「まあ非道い。嫋やかな淑女を後ろから襲うだなんて」

イリーティアが跳びさがった。

その左肩が大きく斬り裂かれているものの……その切断面からは血の一滴さえも零れはしなかった。

「あら、もしや黒鋼の剣奴クロスウェル？」

「──────」

抜き身の黒刀を提げた黒コートの男。

イリーティアの言葉には無反応の彼が、ゆっくりとこちらに振り向いた。

「見ての通りだイスカ」

「師匠⁉」

「この女はもう人間じゃない。星霊使いとさえ呼べないな」

黒い霧。

イリーティアの肩の切断面から噴きだすのは赤い血ではなく、黒い霧。

さらに──

その切断面さえみるみるうちに閉じて修復されていく。アリスとシスベルの姉妹二人が思わず目を背けるほどに、それはあまりに人間離れした光景だった。

「中身は真っ黒だな。かろうじて人間なのは顔の皮一枚か」

「もう、ほんと非道い殿方。でも間違ってないから否定できませんわ」

イリーティアの笑みは濁らない。

化け物だと呼ばれることさえ、むしろ心地よさそうに受け入れる佇まい。

が。

「……っ」

その微笑が凍りついたのは、その直後だった。

平然とこちらを眺めていたイリーティアが突如として目を見開き、視線を上空へ——

深い蒼穹。

そこに、くすんだ金髪をなびかせる褐色の少女がいた。

始祖ネビュリスが。

「始祖様⁉」

「始祖⁉」

『おや久しぶり』

ある者は驚愕の声を上げ、ある者は警戒の声を上げ、ある者はやれやれと溜息をついて空を見上げる。

一方で。

「……星霊がざわついていると思って来てみれば」

褐色の少女は、その誰をも見ていなかった。

醒めた眼差しで少女が見下ろす対象は、肩の傷口から黒い霧を噴きだし続けるイリーティアただ一人。

「お前か」

答えなど最初から求めていない。

眼下のイリーティアめがけて、始祖が指先を差し向けた。

――『天の震雷』

迸る雷撃。

瞬いた。そう誰もが思った瞬間には、巨大な稲光がイリーティアの全身を呑みこんで、アスファルトの路面に大穴を穿っていた。

「帝国を滅ぼしてからのつもりだったが、順序が入れ替わったな。お前は星を穢す敵だ。消えてなくなれ」

「……ああ残念」

黒い気流が渦巻いた。

始祖の放った雷撃によって跡形なく吹き飛んだイリーティアが、気流が凝集していくことで再び姿を構成していく。

「この場で天帝を片付けられたらすごく楽だったのに。始祖がいて純血種がいて、それに星剣を継承した使徒聖までいるなんて。さすがに食傷気味ですわ」

大げさに溜息。

「というわけで出直そうかしら」

イリーティアの肉体が光に覆われていく。

あたかも星霊そのもののように、その場でふっと消失する……と、誰もが思ったことだろう。イリーティア自身さえ。

──ジッ。

小さな火花が弾け、イリーティアを包む光が吹き飛んだ。

「え？」

第一王女が目をみひらいた。

「まさか私の転移に干渉……!?」

「逃がすと思うか？」

始祖ネビュリスの冷ややかなまなざし。

「穴は塞いだ」

「……すごい。始祖様の星霊は時空干渉系だったのですね。先回りされちゃった」

イリーティアが苦笑い。

先ほどまでの余裕がない。追いつめられた者の虚勢であるのは明らかだった。

「目障(めざわ)りだ、消えろ娘」

「ああなんてこと、私とっても窮地」

魔女が跪(ひざまず)いた。

あたかも地底に語りかけるように、両手で大地を優しく撫(な)でて。

——だから助けてちょうだい『*La Selah Milah Uls*(ラセラミラウルス)』。

轟(とどろ)いた。

大地がひっくり返るかのごとき地鳴りと、突風じみた風が吹き始める。

「な、何ですか⁉　この揺れは⁉」

「アリス様もシスベル様も隠れて！　この突風、異常です！」

燐(リン)の星霊術。

足下の土が盛り上がって巨人像(ゴーレム)を形成し、アリスとシスベルの盾となる。

が。

この場で最も助けを要した者は、そのアリスでもシスベルでもなかった。

「……なるほど……な……」

弱々しき苦悶(くもん)。

振り返ったイスカが見たものは、地に膝を突く師の姿だった。その後方でも——

『……っ……ぁ……』

「陛下⁉」

璃洒(リシャ)に抱きかかえられる銀色の獣人。

飄々(ひょうひょう)とした風貌から一変し、天帝ユンメルンゲンが胸を押さえ、口元に犬歯を覗(のぞ)かせて苦悶の表情を浮かべているではないか。

……なんだ、何が起きたんだ。

……師匠⁉　それに天帝も何に苦しんでいるんだ⁉

イスカの身には何一つ異変がない。

天帝を抱えた璃洒もだ。

ジンも音々もミスミス隊長も、それにアリスやシスベル、燐も、誰もが「何に苦しんでいるんだ？」という疑問がありありと表情に浮かんでいる。

「……や、って、く、れたな」

始祖ネビュリスが地に降りたつ。

だが降りてきたという様子ではない。宙に浮遊する力を維持しきれず、落下してきたという方が適切だろう。

「起こしたのか。貴様いま、あの災厄の名を呼んだのか！」

「――――――あはっ」

翡翠色(エメラルド)の髪の王女が噴きだした。

「あはっ……あは、あははははっ！　なんて好き日(よ)なの。帝国と皇庁の象徴たる天帝と始祖様がそろって地に這(は)いつくばっている！」

おかしくておかしくて堪(たま)らない。

そう言わんばかりの恍惚(こうこつ)の表情で、頬を紅潮させて。

「そうですわ始祖様。強い星霊を宿した者ほど、災厄(アレ)の力に強い拒絶反応を示してしまう。しばらく動けないでしょう？」

コツ、コツ……。

靴音を立てて始祖へと歩み寄っていく。

「無力な人間を手に掛けるのは、私の美学の求めるところではないけれど。始祖様はその例外。だって私の野望の危険因子だから」

「……まるで…………私を、消せると言いたげだな……」

「ええ始祖様」

歯を食いしばる始祖を、うっとりとした表情で見下ろすイリーティア。

「あなたを排除して、私がこの星の最後の魔女になるのです」

肉体変貌。

女神のごとき美貌の王女が、みるみると肉体を変貌させていく。

真っ黒く透き通った肉体の、ヒトの形をした怪物へ。

「っ貴様⁉」

『驚きました？　そうです、もう私はここまで災厄と一つになったのです。今の弱まった始祖様なら簡単に壊せちゃうくらい』

真の魔女の、真っ黒い手が伸びていく。

無防備な始祖に触れる寸前――

氷の短剣が、その手を掠めていった。

「……お姉さま！」

動けぬ始祖の前へ、金髪の少女が飛びだした。

妹であるアリスが。

「……お姉さまの姿が答えなのですね。皇庁の王女ではなく、わたしたちの優しいお姉さまでもなく、そんな怪物になってまで世界をめちゃくちゃにしようという！　それが答えだというのですね！」

声を嗄らして叫ぶ。

目を真っ赤に腫らしたアリスが、目の前の怪物を指さした。

「ならばわたしは！　わたしの皇庁を守るためにお姉さまに抵抗します！」

極寒の風。

アリスが触れた地表から氷の蔓が猛烈な速度で成長していく。ひび割れた舗装路を凍てつかせ、氷の蔓がイリーティアの足首に絡みついた。

「閉ざせ！」

『まあ、アリスってば』

ピシッ。

氷が軋む気配。それはイリーティアが氷漬けになった音ではなく、イリーティアの足に絡みつく氷の蔓が木っ端微塵に砕けた音だった。

「……そんなっ⁉」

『可愛い子。まだ私に手加減してくれるのね』

そして消失。

氷の蔓から脱した真の魔女が、アリスの眼前から掻き消えた。

一切の音も気配もなく。

「……消えた？」

『あら枝毛』

「ひっ⁉」

アリスの表情が凍りついた。

消失した姉が、気づいた時には真横にいて自分の金髪を撫でていたのだ。

『だいぶ傷んでるわ。いけないわアリス、髪の手入れをサボったら』

「――――っ」

『でも、もう気にしなくていいようにしてあげる』

黒く透き通った魔女の指先。

あたかも小さな五匹の蛇さながらに、アリスの首筋を這うように沿っていく。

『ごめんなさいアリス。あなたはここで……』

「させる訳がない」

真の魔女の指がアリスの首に絡みつく。

その寸前で、イスカが横薙ぎに振るった刃が、真の魔女のいた空間を斬り裂いた。

――瞬間転移。

刃が触れる寸前に、イリーティアはイスカの前から消えていた。

……今もだ。転移までの前兆がまるでない。

……堕天使ケルヴィナが見せた光転移（リープ）と同じ術か！

星霊そのもの。

今のイリーティアに、この世界の物理法則は通じない。

「アリス！」

前方に出現した真の魔女（イリーティア）へと駆けながら。

イスカは、後方のアリスに向かって声を張り上げた。

「もう一度氷で捕まえろ」

「え？　で、でも……！」

「彼女（イリーティア）の転移には弱点がある。星霊エネルギーで拘束すれば使えない」

堕天使ケルヴィナがそうだ。

燐の巨人像（ゴーレム）にしがみつかれたことで、光転移（リープ）が使えず地に落下していった。

――一瞬でいい。

アリスの氷の蔓でもう一度拘束さえすれば。

「次は逃がさない」

『あら、それは私への愛の告白？』

余裕の口ぶりで。

だがイリーティアが取った行動は、さらなる後方への光転移(リープ)だった。

明らかに違う。

天帝や始祖、アリスと対峙(たいじ)した時にも見せなかった強い警戒を隠そうともしない。

『……ああ痛い』

透き通った黒い肉体の、その脇腹がわずかに欠けている。

星剣が斬った部位。

そこが修復できずにまだ欠損したままでいる。

『狂科学者(ケルヴィナ)が言ってたとおりね。私にとっての天敵は純度の高い星霊エネルギーだって。その最たるものが星剣だとしたら納得。触れるだけでも危なそうね』

「言ったはずだ」

大地を蹴る。

イリーティアが一瞬距離感を見まがうほどの加速で、イスカはその懐(ふところ)にまで潜りこんでいた。

『……なんて速さ』

「次はない」

術を発動する間を与えず仕留める。いわば究極の先手必勝。それは真の魔女(イリーティア)にかぎらず、どれほど強力な星霊使いにも有効な戦術だ。

にもかかわらず――

『私、こういう局面(シチュエーション)に焦がれていたの』

怪物の声は弾んでいた。

『こんな姿になっても、こんなに多くの者から恨まれても、私を守ってくれる騎士がいる。窮地に駆けつけてくれるお姫さまの心地……なんて幸せなのかしら……』

だから好きよ、ヨハイム。

振り上げる星剣。

その刃が真の魔女(イリーティア)に触れる寸前、真横から突き出された大剣に払われた。

「なっ⁉」

「俺の主(あるじ)だ。手を出さないでもらいたい」

紅の髪の帝国兵士。

甲冑(かっちゅう)とコートとが一体化した戦闘衣という風貌の男を、自分(イスカ)はよく知っていた。

同僚だったからだ。

使徒聖の第一席『瞬(またたき)』の騎士ヨハイム・レオ・アルマデル。

この男が真の魔女(イリーティア)の配下で、帝国軍に所属していたのも最初から帝国を裏切るつもりだったことがシスベルの灯(ともしび)で裏付けされている。

だが思えば――

それを示唆する手がかりは最初から与えられていたのだ。

他ならぬイリーティアから。

〝私、帝国軍と仲のいい時期があったのです〟

〝興味がありますの。使徒聖十一人のなかに剣を使う者が二人いる。あなたと第一席(ヨハイム)はどちらが強いかなって〟

イリーティアは帝国軍の「誰か」と内通していた。

それが第一席(ヨハイム)であると、あまりにも堂々と打ち明けていたのだ。

……待てよ。

……だとしたら、あの時の彼女はここまで見通していたってことか!?

使徒聖における剣士二人。

その自分と第一席はどちらが強いか——すなわち戦う日が来ることまで真の魔女は未来を見通していたのだ。

そして自分はこう答えた。

〝僕は対・星霊使い特化なので。対人訓練なんて受けてない〟

〝競ってもせいぜい一太刀、二太刀目で後れをとって、三の刃で押し負ける〟

『おやヨハイム。どこに行っていたかと思っていたら』

璃洒の手を借りた天帝が、ふらつきながらも立ち上がった。

『お前が素直じゃないのはわかっていたよ。皇庁側の密偵だと思っていたら、ああそうか、お前はソレについたわけか』

「陛下、今まで世話になった……と言いたいところだが」

使徒聖の第一席が、真顔で応じる。

「俺はあなたから情報を手に入れる気で近づいた。あなたは俺から情報を手に入れる気で使徒聖に組み入れた。互いに貸し借り無しだ。それと俺の主をソレ呼ばわりしないで頂きたい」

『ご覧よヨハイム。お前の後ろに立っているソレは、メルン以上の化け物だよ？』

「化け物などいない」

騎士が、真っ黒い魔女の前に庇(かば)い立つ。

「ここにいるのは誰より気高い理想を宿した姫だ」

『洗脳されたかい？』

『とんでもない』

答えたのは、後方の怪物だった。

『私は何度もヨハイムを拒絶しましたわ。私は化け物だからと。世界から恨まれるからと。でもヨハイムは最後まで私の傍(そば)を離れようとしなかった。それだけですわ』

そして静寂。

大剣を無造作に提げたヨハイムと、後方の真の魔女(イリーティア)。

どちらもがこちら側を見つめて動かない。

……真の魔女(イリーティア)の狙いは天帝と始祖。

……だけどその前方には星剣を持った僕がいる。後方にアリスもいる。

均衡だ。

真の魔女(イリーティア)からしても迂闊(うかつ)には仕掛けられない。

一方で自分(イスカ)が攻めようにも、使徒聖の第一席が立ちはだかる。

膠着(こうちゃく)状態。

これを破るにはどちらかが強引に攻めるか、それとも――

『うーん……おしまいね』

パン、と。

手を打って護衛を引かせたのは、真の魔女(イリーティア)の方だった。

『退きましょうヨハイム。皆さんまたいずれ』

くるりと身を翻(ひるがえ)す。

これだけの緊張状況が嘘(うそ)のようにあっさりと。

『星の中枢でもっともっと力を手に入れて、私が進化しきったら会いましょう』

「っ！　逃げるのですかお姉さま！」

『ええそうよアリス。私はあなたと違って、戦うより逃げる方が慣れてるの。……ああ、でも一つ意地悪を思いついたわ』

真の魔女(イリーティア)が振り向いた。

その伸ばした指先から、黒い水滴が二つ、ぽちゃんと地面めがけて落ちていく。

『アリス、あなた星霊と戦ったことはあるかしら？』

「え？」

『海の虚構星霊(エイドス)と地の虚構星霊(エイドス)。逃がしたら大変よ。この子たちそれぞれ一体で帝国皇庁を滅ぼしてしまうから』

ぽちゃん、と。

足下の陰だまりへ、真の魔女(イリーティア)とヨハイムが沈むように消えていく。

それと入れ替わりに——

地に落ちた黒い水滴から、二体の怪物が浮き上がってきた。

……こいつら。

……いったい何だ⁉

イスカの背筋を粟立(あわだ)たせる悪寒(おかん)。

それは過去のあらゆる相手にも感じたことのない、別次元の虚無感だった。

不吉に発光する「ヒトの形をした」怪物。

『――』

『――』

一体は、光の差さない深海のごとくどす黒い青色。

一体は、腐敗した地のようにどす黒い赤色。

それぞれの手に、海水と血を凝縮させて作り上げたような色の十字鎗。

頭部は丸く凹凸が一切無い。その眼にあたる部分だけぽっかりと光が抜け落ちて、何処を見ているかわからない。

そんな怪物が、ギ……ギ……と軋んだドアのような音を立てて、ゆっくりと顔をこちらに向けてきた。

とてつもない敵意と共に。

「……あの、イスカ」

「下がれシスベル！」

星剣を両手に構え、イスカは叫んだ。

「こいつら尋常の敵じゃない！」

「……イリーティア様、何の冗談ですかこれは」

かたや、吐き捨てるように発する燐。

二体の怪物から距離を取るため、じわじわと後退しながら。

「……こいつらだけで皇庁が滅びる？　冗談はやめて頂きたい！」

「耳を貸す必要はないわ、燐」

そんな燐の横で。

アリスが唇を強く噛みしめた。

「お姉さまはもう皇庁の敵よ。戯言と聞き流しなさい。この怪物を早々に倒して終わり。……そう願いたいわ」

怪物から目を離さぬまま。

アリスが口早に問いかけたのは銀髪の獣人だ。

「あなたが天帝だという前提で話をするわ。今日この場で、わたしは帝国に危害を与えるつもりはない。だから――」

『前を見な。戦場だ』

天帝の容赦ない一言と同時。

青の巨人――海の虚構星霊がアリスめがけて襲いかかった。

地を滑走。

氷上を滑るスケーターさながらに、緩慢に見えながらも恐ろしく速い突進速度で。

「剣(つるぎ)よ！」

待機中の水分がみるみる凝固。

アリスの星霊術によって成形された氷の大剣が、こちらめがけて飛びかかってくる青の巨人の胸に突き刺さった。そう見えた。

一部始終を見ていたイスカの目にも。

アリスの放った氷の剣(つるぎ)が『海の虚構星霊(エイドス)』に突き刺さり――――
ア、ア、アリスめがけて飛んできた。
「え？」

星霊の自動防衛は発動しない。

アリスの星霊術が生みだした氷ゆえに、アリスの星霊はそれを脅威と認識できない。

……ずっ。

氷の刃が突き刺さる鈍い音。

アリスを貫きかけた氷塊が、間一髪で、アリスを庇った巨人像(ゴーレム)に深々と突き刺さった。

「アリス様、離れて！」

「ぐっ⁉」

アリスがなりふり構わず跳躍。

その表情がみるみる険しくなっていく。

「……わたしの星霊術を反射した⁉」

今の攻防だけでも、何が起きたか理解するには十分だ。

星霊術への干渉。

この虚構星霊(エイドス)という巨人に備わった機能だろう。おそらくは、鏡が光を反射するように星霊術を撃ち返す仕組みになっている。

――星霊使いの天敵。

が。

そんな凶敵を目の当(ま)(あ)たりにしてなお、燐の機転は速かった。

「ソイツを殴り飛ばせ！」

燐の号令。

巨人像(ゴーレム)が巨腕を振り上げ、アリスに迫る青の巨人を殴り飛ばした。

ピシッ。

巨人像(ゴーレム)の拳が触れた虚構星霊(エイドス)の体表に、わずかな亀裂。

「やはりな、跳ね返せるのは星霊エネルギーだけか！」

氷の星霊使いは氷を生みだす。

土の星霊使いは土を操る。しかし後者が扱うのは本物の土だ。巨人像(ゴーレム)も星霊術で操られた大量の土砂であり、その拳までは跳ね返せない。

物理的な破壊は効く。

この虚構星霊(エイドス)という怪物を倒すには、星霊術以外であればいい。

「銃だ！ 出番だぞ帝国兵！」

「どうだかな」

ぼそりと。

ジンが口にした呟(つぶや)きを聞き取ったのは、最も近くにいた自分(イスカ)一人だったことだろう。

「隊長(ボス)、音々、止まれ」

「えっ!?」

「どうしてジン兄ちゃん!?」

「俺が撃つ」

返事も待たない一秒未満の早業で、ジンが狙撃銃を構えて狙いを定める。

狙いはもう一体——

第九〇七部隊めがけて猛烈な勢いで地を滑る赤の巨人。その膝へ、発砲。

血しぶき。

虚構星霊を貫くはずの銃弾が、ジンの肩を斬り裂いた。

「ジン君⁉」

「撃つな隊長！……予想どおりの最悪だ。どういう理屈か知らねぇが！」

傷口を手で押さえるジンが後退。

ぽたっ、と、数滴の血を大地にばら撒きながら。

「赤は物理エネルギー反射だ」

海（青）の虚構星霊は星霊エネルギーを反射する。

地（赤）の虚構星霊は物理衝撃を反射する。


二色の巨人。

その片方が星霊エネルギーを反射した時点で、もう片側の特性も予想はできていた。

銃弾は跳ね返される。

銃弾どころか帝国軍の大砲やミサイルも通用しまい。

……だからこそジンの機転だ。

……あの一瞬の狙撃で何もかも計算していた。

あえての膝狙い。

ジンが先んじて「反射してもいい角度」で射撃したからこそ、反射した銃弾が肩を掠(かす)める程度で済んだのだ。

「化け物どもが。どれだけ傍迷惑(はためいわく)な能力だ……！」

燐が奥歯を噛みしめる。

──天敵。

星霊使いは、海の虚構星霊(エイドス)の前では無力と化す。

帝国軍は、地の虚構星霊(エイドス)の前では無力と化す。

真の魔女(イリーティア)の言葉は偽りではなかった。

この二体それぞれが、単独で帝国と皇庁を滅ぼす危険性(ポテンシャル)がある。

「でも！　標的(ターゲット)を交換すればいいんだよ！」

拳銃を手にしたミスミス隊長が狙いを切り替えた。

銃口の先には海の虚構星霊(エイドス)。この青色の巨人ならば銃が通じる。

「アタシたちは青(こっち)から！」

だがそれより早く。

二体の巨人が、魔女の呪文にも似た言霊を唱えた。

――『*corna killsies*【炎／青】』

――『*rypthe fulis*【雷／赤】』

噴きだす炎と閃光。

地の裂け目からは、猛々しく火の粉を舞い上げる青い炎が。

雲の裂け目からは、猛烈な轟音を響かせる赤い稲妻が。

どちらもが大規模な雪崩のごとき勢いで迫ってくる。大気を焦がし、舗装路を燃やし尽くして何もかも呑みこんで――

逃げられない。

検問所の広場そのものを呑みこむほどの広範囲。そう察した瞬間に、イスカは、後方のアリスと同時に動いていた。

「壁よ！」

「下がれ！」

アリスの生みだした氷壁が炎を受けとめる。

その壁の窪みを内側から蹴り上がり、イスカは宙へと跳んでいた。

――降りそそぐ雷光。

これは直感だ。雷が地上めがけて放たれたのならどう落ちてくるか。人間の反応限界を超えた速度で落ちてくる稲妻めがけ、星剣を振り上げる。

「……はっ！」

切っ先が、稲妻の端を捉えた。

星剣で切断した赤光(しゃっこう)がいくつもの光の筋に分裂し、空で溶けるように消えていく。

が。

斬り、損ねた。

星剣が斬ったのは、空から降りそそいだ雷撃の一部。雷を斬り落とすという人智(じんち)を超えた神業はイスカにとっても勘頼み。

斬り損ねた雷撃が無数の光に分かれ、その一つが、後方にいたストロベリーブロンドの髪の少女へ。

「……しまったシスベル！」

「っ⁉」

シスベルが悲鳴を上げる間もない。

猛獣のごとく襲い来る雷撃の恐怖に、ただただ目をみひらいて――

「バカ弟子が」

黒閃が、その雷を薙ぎ払った。

シスベルの眼前へ割りこむように飛びだした、黒鋼の剣奴クロスウェルによって。

「隠居した身を煩わせるな」

「……あ、あの……ありがとう、ございます……？」

「ユンメルンゲン」

星剣に似た長刀を握る師が、ぶっきらぼうに天帝を呼びつけた。

「頭数を減らせ」

『博愛だねぇクロ』

璃洒の手に掴まっていた銀髪の獣人が、弱々しく微苦笑。

『頼んだよ星霊たち。メルンが数えた者を七百メートル運んでおくれ。対象は、メルンとクロとシスベル王女』

「は、はい⁉　な、何をする気ですか⁉」

『あとは』

シスベルの声を聞き流し、天帝が後方へ振り向いた。

そこに倒れた無数の者たちを指さして。

『帝国軍と星霊部隊ぜんぶ』

ヴォン、と。

真っ白い粘液状の壁が唸(うな)るように広がった。

あまりに見慣れぬ光景だが、天帝の弁を借りるなら、この蠢(うごめ)く壁の正体は星の防衛役にあたる星霊群だという。

『特別サービスだよ王女アリスリーゼ。お前の国の兵士も運んであげる。あとお前の妹も。足手まといになるからね』

「はっ⁉ だ、だーれが足手まといだと言うのです！ わたくしは――」

『移せ』

天帝が指を打ち鳴らした。

白の粘液だったものが光の薄膜(カーテン)へと変化。そして天帝、師(クロスウェル)、シスベルさらに広場の帝国軍と星霊部隊を丸ごと包みこんで転移した。

国境検問所(チェックポイント)の外へ。

「って陛下、ウチはここに居残りですかい！」

璃洒が小さく苦笑い。

「つれないなぁ。ウチは陛下の参謀なのに。こんな最前線で戦う役どころじゃなくて空調の効いた事務室で珈琲(コーヒー)を飲みながら――」

「黙って動け」

燐の一喝。

スカートを撥ね上げ、仕込んであった短刀を握りしめる。

「アリス様、この眼鏡女は人為的な星霊使いです。星霊の糸で対象を縛る、支援特化の力とお考えください」

「ウチの星霊ばらされたっ⁉」

「お前とアリス様で赤をやれ。私は青だ」

大炎上。

検問所の広場を包みこむように、飛び散った青い炎が舗装路から芝生へと広がっていく。

広場のいたるところで濛々と黒煙が上がるなか――

戦場は二つに分裂した。

海の虚構星霊、対するは燐と第九〇七部隊。

地の虚構星霊、対するはアリスと璃洒。

「燐！」

青い火の粉が舞うなか、アリスは従者に向かって声を張り上げた。

「わたしは心配ない！　あなたはあなたの身を――」

『*veiz*【爪】』

「っ！」

飛来する十字の鑓。

アリスが燐を意識した刹那、赤の巨人が鑓を投げ放ったのだ。

「絡まれ！」

地表から伸びた氷の蔓が、空中で鑓を受けとめた。ぼろぼろと……氷の蔓に巻き付かれた鑓が土に還っていく様を横目に捉えながら。

「乙女の話を遮るのは無礼よ。お姉さまの配下だとしたら、もうちょっと――」

『*veiz*【爪】』

「……ぐっ⁉　本当に無礼ね！」

地の虚構星霊が鑓を再び召喚。

それを片手に、凄まじい勢いで再びアリスへと迫ってくる。

……そういうこと。知性なんて備わってないと。

……ただの血に飢えた獣じゃない！

姉イリーティアの配下ならば、それにふさわしい知性があると思い込んでいたが。

この巨人はただの暴君だ。

地上に現れ、そこにいるモノすべてを蹂躙することが存在意義。

「ならわたしだって容赦しない！」

氷禍・千枚の棘吹雪。

上空を覆い尽くすように生まれる、何百という氷の剣。

さらには地表からも。凍てついたベンチからも氷の剣が次々と生成されていく。

――絶対包囲。

頭上はおろか前後左右、氷の剣が虚構星霊を覆い囲っていく。

「穿て！」

驟雨のごとく降りそそぐ氷剣。

その瞬間、赤の巨人が動いた。手にした赤土の鎚を振り上げて宙を薙ぐ。その一薙ぎが、

嵐のごとき旋風を巻き起こした。

轟ッ！

大気が引き裂かれて悲鳴を上げる。

地の虚構星霊の鎚が巻き起こした風に煽られて、巨人めがけて射出された氷剣がまるで

木の葉のように吹き飛ばされていく。

「……嘘でしょう⁉」

特殊な技や術ではない。

ただ力任せに鎚を振り回し、その突風だけで千の氷剣を薙ぎ払ってみせたのだ。

怪力乱神。

どれだけの怪力で鎚を振るえば、こんな天変地異じみた風を起こせるというのか。

その鎚の矛先が――

自分の胸めがけて狙い定められているのを前に、アリスは全身から血の気が引いた。

まずい。

「蔓よ、そいつを止めて！」

鎚を構えた虚構星霊が突進。

舗装路の表面が吹き飛ぶほどの勢いで地を滑ってくる。その動きを止めるため、アリスに命じられた氷の蔓が巨人めがけて絡みつく。

そのはずだった。

……ピキッ。

アリスの眼前で、氷の蔓が引きちぎられた。

巨人の突進が止まらない。

氷の壁を軽々と薙ぎ払い、アリスめがけて赤土の鎚を振り下ろし――当たらなかった。

地の虚構星霊(エイドス)が、動きを止めた。

鎚を振り下ろす直前だった。

ほぼ不可視同然――赤い巨人の膝と首に、髪の毛よりも細い「糸」が何重にも絡みついていたのだ。

氷の蔓よりはるかに細い星霊の糸が、虚構星霊(エイドス)を搦(から)め捕って放さない。

「……ま。陛下からの命令とあらば」

アリスから離れた位置で――

静観していたかに思えた璃洒が、その場でゆっくりと手を広げた。

小さな光の宝珠。それが空中でほどけて糸へと変わり、地面を伝ってこの広場に少しずつ広がっていく。

「ウチのは星の第四世代『紡(つむぎ)』の星霊。ってわけで、互いに憎たらしい仲ですが今だけ協力しますか氷禍の魔女さん」

「…………」

「おや魔女呼ばわりが気に障りましたか？　ついうっかり」

「……いえ」

眼鏡のレンズの奥で、いかにもな皮肉の笑みを浮かべる璃洒へ。

アリスは混じりけ無しの笑顔で応えてみせた。

「ありがとう。今のは助かったわ」

「ならさっさとどうぞ。ウチが巨人を捕まえてるうちに。──『縮め』」

ぎちっ。

虚構星霊の首に星霊の糸が食い込んでいく。髪よりも細い星霊の糸が、怪力乱神の化身たる暴虐の巨人を拘束しきっている。

そこへ。

アリスの放った氷剣が、今度こそ地の虚構星霊に突き刺さった。

『────────ツッッ！』

巨人が怒りの咆吼。

通じた。海の虚構星霊には反射されたアリスの星霊術が、地の虚構星霊には弱点となりえるのだ。

「そのままよ！　コイツを捕らえていて！」

「もちろん。この『紡』は仕掛けるのに苦労する分、一度でも絡みついたら必勝なので。どうぞ心置きなく…………ん？」

違和感。

赤い巨人の全身を搦め捕った糸から伝わってくる、微弱な反応。そこに喩えようもない奇妙な触感を覚えて、璃洒はその場で目を細めた。

糸がすり抜けつつある。

あたかも水か空気かのように、糸から伝わってくる手応えがみるみる希薄に弱まっていくではないか。

地の虚構星霊はこの通り完全に拘束しているのに。

「なーんか嫌な予感。アリスリーゼ王女、仕留めるなら早めに……――っ⁉」

異変。

璃洒が言いかけた目の前で、赤の巨人が「変化」したのはその時だった。

――

第8国境検問所(チェックポイント)、広場北側――

この一帯はいまだ青い炎の火花が燻(くすぶ)り、芝生が黒く焦げつつある。

「もう一体！」

燐が片手で地に触れた。

土砂が蠢(うごめ)き、二体目となる巨人像(ゴーレム)が生成されていく。

「見てのとおりだ。巨人像(ゴーレム)が殴ったことでバケモノの表面がひび割れた。星霊術にこそ無敵だが、奴(やつ)は物理衝撃を嫌う！」

「再生する気配もないよ！」

二の句を継ぐ音々。

青の巨人――海の虚構星霊(エイドス)へ、帝国軍の銃を向けて。

「撃ち続ければ音々たちの銃でも十分破壊できるはず。隊長！」

「も、もちろん！」

音々と並ぶミスミス隊長。

さらに後方からジンが狙撃銃を構え、前方では自分(イスカ)という陣へ。

「帝国剣士」

「ああ」

燐(リン)と巨人像(ゴーレム)が青の巨人めがけて走りだす。まっすぐ最短距離でだ。

さらに続いてイスカ。

……燐の短剣、巨人像(ゴーレム)の拳。

……それに僕の星剣もだ。どれもあの巨人には猛毒に等しい。

致命打になりうる。

海の虚構星霊(エイドス)は、自分たちの攻撃を絶対に受けてはいけないはずなのだ。

ゆえに何が来る？

迎撃か、それとも回避か？

……青い炎で迎撃しようものなら炎ごと星剣で斬り払う。

……僕らを回避しようと逃げれば、隊長、音々、ジンの銃弾がそこを撃つ。

盤面上は圧倒的優位。

迎撃だろうが回避だろうが追いつめられる。その未来をイスカはもちろん、燐や隊長、音々もジンも思い描いて——

『*corna killsies*【炎／青】』

「……炎か！　燐止まれ！」

燐に代わって最前線へ。

轟と唸る青い炎が渦を巻くのを前に、イスカはさらに足を踏みだした。

――星剣で炎を薙ぎ払う。

だが。

炎の標的はイスカでも燐でも、後方の第九〇七部隊でもなかった。


巨人が、燃え上がった。


青い巨人の全身が、たちまち青い炎に呑まれていく。

「なっ⁉」

反射的に足を止める。

炎の勢いで迂闊に近づけないこともあるが、それ以上に、この予期せぬ状況がイスカの脳裏に「近づくな」と警鐘を鳴らしている。その間も炎はさらに膨れあがって、舗装路を焦がしベンチを呑みこみ、次々と周囲へ炎上していく。

「……自滅か？」

「……いや……」

冷たい汗が頬を伝っていく。

濛々(もうもう)と猛(たけ)る炎に呑まれ、青い巨人の姿が完全に見えなくなって――

「迷彩だ！」

「え？」

「燐、巨人像(ゴーレム)で身を守れ！」

ぼっ。

燐の真横で炎が破裂。

炎上した炎の波が大きくうねり、そこから青の巨人が飛びだした。

「なっ⁉　巨人像(ゴーレム)！」

巨人像(ゴーレム)が燐を突き飛ばす。

猛烈な勢いで燐が宙に浮かぶのとほぼ同時、輝く鑓(やり)の一振りで、巨人像(ゴーレム)の巨体が無数の砂へと分解された。

「……炎の中を移動してきやがった！」

ジンに続いてミスミス隊長、音々が発砲。

その三つの弾丸がすべて空を切る。銃弾が放たれた時にはもう、海の虚構星霊(エイドス)は青い炎の渦へと消えていたからだ。

……青い巨人が、青い炎を纏(まと)ったうえで炎に紛れて迫ってくる。

……迷彩なんてもんじゃない。炎と同化だ！

「くっ！」

間近の火柱を剣で斬り払うも、炎の勢いは止まらない。

次から次へと芝生や植樹に燃え移り、炎上のエリアが急速に拡大していきつつある。海の虚構星霊（エイドス）が自在に動ける支配領域（テリトリー）が広がっていく。

……アリスなら？

……アリスの氷なら、この炎を消火できるか⁉

いや、だめだ。

海の虚構星霊（エイドス）は星霊術を反射する。これだけ広範囲の炎を消し去るだけの冷気を放って、それを反射されようものなら、甚大（じんだい）な被害を受けるのはこちら側。

「ジン兄ちゃん！　炎の中を狙撃できない⁉」

「追いきれねぇよ。邪魔するもんが多すぎる」

炎の轟音（ごうおん）と熱波のせいだ。

海の虚構星霊（エイドス）が炎の中を進む気配を追いきれない。さらにいえば宙を舞う火の粉に視界も塞がれる。

「音々、炎に近づくんじゃねえぞ、あのバケモノがいつ飛びだしてくるかわからねぇ！」

「わ、わかってるけど……でも炎が広がって……！」

音々が後ずさる。

そうしている間も炎はじわじわと広場を覆い包んでいく。全方位を囲むように。

「ちっ、隊長(ボス)下がれ！」

「――――」

「おい隊長(ボス)？……隊長(ボス)？」

ジンが横顔を向ける先で。

ミスミス隊長が立ちつくしていた。何かを小声で呟(つぶや)きながら、迫りくる状況がまるでわかっていないかのような夢現(ゆめうつつ)の佇(たたず)まいで。

「……炎？……囲まれる？……あれ……ええと……ええと……」

「おい隊長(ボス)どうした!?」

「……そうだ……独立国家(アルサミラ)で……アタシ……あの時、どうしたんだっけ……」

ジンが肩を掴(つか)んでも反応がない。

瞬(まばた)きさえ忘れて、ミスミス隊長は燃えさかる炎と向き合っていた。

「隊長(ボス)、下がれ！」

「隊長危ない！」

ジンが右手を、音々が左手を掴んで引っ張る。

ミスミス隊長の身体が勢いよく後方へ。一秒の間もない刹那の差で、その位置を、炎の中から虚構星霊が放った鑓が貫いていった。

二人が動かなければ、ミスミスは何一つ抵抗することなく串刺しにされていただろう。

なのに、まだ上の空。

「帝国剣士！　隊長はどうした⁉」

「僕にもわからない。ミスミス隊長、どうしたんですか！」

「……っ」

ミスミス隊長が目をみひらいた。

イスカが呼びかけたからではない。ミスミスが見つめる先はあくまで炎。

「……『*So E lu emme xel noi Es.*』？」

「隊長⁉」

「いや、待て帝国剣士。まさかこの土壇場で……」

燐がこくんと息を呑む。

ミスミスが手で押さえている左肩、つまりは星紋がある部位を凝視して。

「目覚めかけか！」

星霊使いとしての目覚め？

帝国人であるイスカには、それがこの状況下で不遇なのか好都合なのかもわからない。

一方で、燐は苦々しく顔を歪(ゆが)めていた。

「……時期(タイミング)が悪すぎる。星霊使いは、覚醒にあたって自分に宿った星霊からの声を聞く。その瞬間だけ意識が遠のいて夢を見ているような心地になる。無防備だ！」

「何だって⁉」

言われてみれば、思い当たるものもある。

シスベルが『灯(ともしび)』で再現した百年前。始祖エヴの覚醒がまさにそうだったからだ。

〝あたしは誰だ〟

〝……え？　おい、どういう意味だよ！　エヴ義姉(ねえ)さん⁉〟

〝あた……わた……あたし……は……何だ…………に、人間……星霊…………？〟

義弟(クロスウェル)の呼びかけにも応えられない。

あの時の姿が、今まさにこの瞬間のミスミス隊長に重なった。

……だけど燐の言うとおりタイミングが悪すぎる。

……よりによってこの戦闘状況下で⁉

炎が吼え猛る。

こちらの状況などお構いなしに、燃え上がる炎が激しく火の粉を撒き散らし、身を焦がす熱波とともに押し寄せてきた。

無防備に立ち尽くすミスミス隊長へ。

「隊長！」

「隊長、そこをどいて！」

燐が手を伸ばし、イスカが星剣を手にして庇い立つ。

青い火柱が大波のごとく押し寄せて――

そして。

炎が、消えた。

「……え？」

星剣を固く握りしめたまま、イスカはその場で瞬きしていた。

何が起きた？

自分たちを取り囲む炎の勢いがみるみる弱まっていく。肌が焼けつくほどに強烈だった熱波も鎮(しず)まっていく。

風が熱くない。

汗が噴きだす熱波から、まるで春風のように穏やかな微風(そよかぜ)へ。

「隊長(ボス)か……！」

ジンが喉を嗄(か)らして吼える。

「独立国家(アルサミラ)でも同じことが起きた！　イスカ、この風が隊長(ボス)の星霊術だ！」

「これが⁉」

自分たちの頭上——

そこには輝かしい碧色(あおいろ)の光が、気流を巻くようにして大気に満ちていた。

ミスミスの肩にある星紋と同じ色彩の風。

「風の星霊術？　どういう術だ、なぜ虚構星霊(エイドス)の炎が消えていく⁉」

空を見上げて叫ぶ燐(リン)。

それはイスカも同じ心境だ。師から教わった膨大な星霊の知識をもってしても、これに類似する星霊が思い浮かばない。

が。

「詮索(ソレ)は後か……！」

炎が弾(はじ)ける気配に、イスカは独楽(コマ)のごとく身を捻(ひね)った。

──海の虚構星霊(エイドス)。

熱波も火の粉も消えた。

燃え広がる支配領域(テリトリー)がみるみる縮小していくなか、敵の気配も今なら察知できる。

「ジン！」

「そこか」

ジンの発砲。

放たれた弾丸が青い火柱を斬り裂いて、その奥に潜む怪物を貫いた。

『────────ツッッ！』

怒りの咆吼(ほうこう)。

炎が大きく揺らぐ。霧が晴れるように、青の巨人が浮かび上がった。

『*corna killsies*【炎／青】』

「また炎を纏う気か？　見逃すとでも！」

燐が、両手の短刀を一斉に投げ放つ。

さらに土の巨人像(ゴーレム)が地響きを従えて大地を蹴り、海の虚構星霊(エイドス)めがけて拳を振り上げた。

あと一撃。

ひび割れた体表に一撃分の衝撃を与えることができれば、この怪物は無数のガラス片となって砕け散るに違いない。

その最後となるべき攻防の瞬間に――

異変。

イスカたちの前で、青の巨人が変化したのはその時だった。

青の巨人が「赤く」染まった。

透きとおった海の青から、赤土のような濁った色の巨人へ。

それは突然すぎた。

そして一瞬すぎた。

「……馬鹿な⁉」

燐の表情が凍りつく。

赤く塗り変わった虚構星霊(エイドス)。

土の巨人像(ゴーレム)の拳がその表面に触れた途端、爆発じみた破壊音とともに巨人像(ゴーレム)の肘から先が木っ端微塵に弾け飛んだのだ。

衝撃を跳ね返された。

間違いない、物理衝撃を反射する『地の虚構星霊』の特性だ。

「燐、止まれ！」

「ぐっ……！」

燐が両手を交差。咄嗟に生成した砂の盾で顔を庇う。

そこへ突き刺さる短刀。むろん地の虚構星霊に跳ね返されたものだ。

「そんな⁉」

音々が慌てて銃口を下げる。

この赤い巨人には銃弾が通じない。撃って跳ね返されれば傷つくのは自分たち。

「赤の巨人が二体⁉」

「いや。よく見ろ音々」

狙撃銃の銃口で、ジンが指し示したのは地の虚構星霊の足と肩だ。

そこに突き刺さっている氷の剣。

さらには首に璃洒の星霊術である糸が絡まっているではないか。

「……奥の奴と入れ替わりやがった！」

地の虚構星霊と海の虚構星霊。

この二体は、二体で一つなのだ。互いの窮地を察することで互いの身を入れ替えられる。

つまりはこの奥で戦っているアリスたちの方は……

——悲鳴。

広場の奥で。

聞こえるはずもない離れた距離から、少女の、苦悶の声が聞こえた気がした。

‖

星霊術を反射する星霊術は、ない。

星霊術を反射する兵器も、ない。

アリスにとって——

自分の星霊術がそっくり跳ね返ってくるというのは、どんな戦場でも経験したことのない未曽有の現象だった。

「……そんなっ⁉」

赤から青へ。

地の虚構星霊（エイドス）が、アリスの眼前で、海の虚構星霊（エイドス）へと色が切り替わったのだ。

降りそそぐ何十という氷の剣。

それらすべてが、海の虚構星霊（エイドス）の肉体に触れた途端、全方位に跳ね返った。

「……っ、盾！」

そびえ立つ氷柱が、跳ね返された氷剣を受けとめる。

氷と氷が衝突。

白い冷気が吹き荒れて、広場一帯が白夜（びゃくや）のごとき白靄（もや）で覆われていく。

「いやはや助かりました王女。危うくウチまで氷で串刺しになるところで」

「……星霊の……力が強すぎるのも考えものね」

穴だらけの氷柱。

その隙間から海の虚構星霊（エイドス）を睨（にら）みつけながら、アリスは苦々しく左肘に手をやった。

わずかに赤く腫れた裂傷。

跳ね返された氷の剣が多すぎるがゆえに、咄嗟に生成した盾では防ぎきれなかったのだ。

……自分の星霊術で自分が傷つくなんて。

……羞恥で心が傷つくわ。

「あなたの糸は？」

「お役に立てず」

璃洒が糸を手繰る。

伸びきったゴムのように弛緩しきった糸が、するすると璃洒の掌へと戻っていく。

「ウチの糸がどういう跳ね返り方をするかなと思ってみたら、アイツに触れる寸前で弾かれたみたいで」

海の虚構星霊には星霊術が通じない。

アリスの氷も、璃洒の糸も例外ではない。

「一つわかったわ。あの巨人には弱点になる部位がない。全身どこを攻撃しても星霊術を跳ね返してくる」

「お手上げと？」

「どうかしら――壁、跳ね上がれ！」

右手を空へと振り上げる。

アリスの命に応じて、摩天楼さながらの高さまで氷壁がせり上がる。

海の虚構星霊を包囲する氷の檻として。

「星霊術も当てなきゃ反射できないわ。単に閉じこめればいいのよ」

「ほう？　それでどうするんです」

「走って！」

ついてきて。

視線でそう合図するや、アリスは氷漬けの広場を駆けだした。

「アイツを閉じこめている間に入れ替えるわ。わたしたちが赤、イスカたちが青。互いに得意な方で」

「こちらが入れ替えても、また敵も入れ替わってくるのでは？」

「で、できないわ。あの二体の入れ替えは連発できない。発動条件があるか、あるいは再発動までに時間がかかるわ」

たとえばアリスの大氷禍。

氷禍の魔女の異名を象徴する大技だが、実は発動時に「大氷禍の範囲内が既に十分冷えていること」という隠し条件がある。

そして連発不可。再発動までには最低一時間の充塡時間（クールタイム）がいる。

星霊の力とて無尽蔵ではないからだ。

「連発できるなら、燐の巨人像（ゴーレム）が最初に殴った時点で入れ替えるはずよ。アイツらは使わなかった。奥の手だから温存したのね」

「なーるほど。ご慧眼（けいがん）ですね」

併走する璃洒が感心の面持ちで。

「魔女の姫だけあって同類（バケモノ）には詳しいという皮肉も、今は控えておきますね」

「それで控えたつもり？」

「ええ。ところでアリスリーゼ王女は『わたしたちが赤、イスカたちが青』と提案された。燐（リン）ではなくイスカをご指名ですか？」

「〜〜〜〜〜〜っっっ⁉」

声にならない声が漏れかけた。

自分ではまったく意識していなかったのだ。イスカの強さを誰より知っているがゆえに、彼の名をつい咄嗟に選んでしまったらしい。

「彼をご存じで？」

「何もないわ！　ええと今のは……っああ面倒ね。今はそんな時じゃ——」

『*corna killsies*【炎／青】』

爆風。

走り続けるアリスと璃洒の背後で、炎が、氷の檻を木っ端微塵に吹き飛ばした。

「……もう檻を破壊したの⁉」

檻から飛びだす海の虚構星霊（エイドス）。

巨人が、燃えさかる炎の中へと姿を消して――

アリスの真横の火柱から、飛びだした。

「っ⁉　回りこまれた⁉」

炎の中を瞬間転移してきた。

燃え広がる青い炎は、海の虚構星霊(エイドス)の支配領域(テリトリー)。どうやらこの青い巨人は炎の中を自在に移動できるらしい。

「……行かせないってわけね。それだけ入れ替わられるのが嫌だと」

立ちはだかる青の巨人。

炎を纏(まと)う壮絶なその姿を見上げて、アリスはふっと息を吐き出した。

「そう、それなら――」

一発の銃声が。

遠き彼方(かなた)で響きわたったのは、その時だった。

第8国境検問所、広場北側。

そこに喩えようのない奇怪な呪詛が響きわたった。

――『*ryphe fulis*【雷／赤】』

雲の裂け目から、大気を引き裂いて赤い稲妻が降りそそぐ。

「あの雷か！　帝国剣士！」

「伏せろ！」

燐の命に応じて大地が隆起。

その坂を蹴ってイスカは宙に飛び上がった。一直線に落ちてくる閃光めがけて無我夢中で星剣を振り上げる。

刃が雷撃を薙ぎ払って――

『*veiz*【爪】』

「っ！」

赤土の鑓。

イスカが雷撃を斬り払うまでが予測通り。その隙を突いて地の虚構星霊が鑓を投げ放つ。

それが投擲される直前に、一発の弾丸が鑓の切っ先を貫いた。

「イスカ兄！」

「……助かった音々！」

地に着地するや再び地を蹴る。

新たな鑓を生成する巨人めがけ、有無を言わさず一息で懐に潜りこむ。

『──────』

巨人が反応した。

イスカの接近を見て取るや、鑓の生成を解除してまで即座に後退。

「この星剣か」

やはりそうだ。

イスカ自身なかば直感でしかなかったが、物理衝撃を反射する地の虚構星霊であっても
星剣は通じる。

自分の接近に、恐ろしいほど敏感に反応したのがその証拠。

……星剣が通じるなら。

……星霊使いを相手にするのと何ら変わらない！

敵の懐に潜りこむ。

あらゆる攻撃を斬り払い、星霊術の発動を許さぬ短期決戦で片付ける。

だが。

そこまで思い描いたイスカの戦術すべてが、たった一つの不測によって崩れ去った。

「…………っ……ぁ……！」

消え入りそうな声。

イスカが、ジンが、音々が、燐が。四人の見ている前で、小柄な女隊長がふらりと膝をついてくずおれた。

「隊長⁉」

最も近い燐が手を伸ばそうとして、一瞬躊躇する。

地の虚構星霊が目の前にいるのだ。ここでミスミス隊長を受けとめれば無防備になる。

受けとめるか見捨てるか。

逡巡は、おそらくは〇・一秒にも満たなかっただろう。

「……あぁくそっ！」

燐が、倒れていくミスミス隊長を受けとめた。

両手が塞がって無防備な燐を見下ろし、地の虚構星霊が赤土の鎚を振り下ろす。

燐の脳天めがけて――

「わかってるな！」

「わかってるさ」

澄みきった音。

振り下ろされた鎚の切っ先を、イスカが突き出した星剣が受けとめた。

剣と鎚。

互いの切っ先の鬩(せめ)ぎ合い。キリキリと、硝子(ガラス)を引っ掻(か)くにも似た耳障(みみざわ)りな音が伝わってくる。

「燐、隊長と後ろへ！」

「――いいや、そのままだ」

鍔迫(つばぜ)り合(あ)いのイスカと虚構星霊(エイドス)。

声は、その真横からだった。

「誰一人動くな。イスカはそのデカブツを抑えてろ」

「ジン⁉」

「隊長(ボス)は仕事をした。こっから先は部下の役目だ」

狙撃銃を構えたジン。

その銃口がまっすぐ地の虚構星霊へと狙いを定めていることに、誰もが目を疑った。

銃弾は跳ね返されるのに。

「ジン兄ちゃん⁉」

「やめろ、お前なにを考えている⁉」

「────」

音々と燐が声を上げるも、銀髪の狙撃手は黙して答えない。

いや聞こえていなかった。一部始終を見ていたイスカさえ目をみはるほどの集中力で、赤の巨人を凝視し続けて。

「このバケモノに帝国軍の武器は効かない。すべて跳ね返される」

「ジン兄ちゃん⁉　そ、そうだよ！　だから──」

「だから、いいんじゃねぇか」

銃声。

その宣言とともに放たれた一発の弾丸が、吸いこまれるように、地の虚構星霊めがけて虚空を突き進んでいく。

衝突、そして反射。

跳ね返された弾丸は、ジンの頬を掠め、音々と燐のちょうど真ん中を縫うような軌道で広場を突き進み、そのさらに奥の――

海の虚構星霊(エイドス)を貫いた。


何が起きた？

誰もがそう目を疑っただろう。

銃弾を跳ね返した地の虚構星霊(エイドス)も。

銃弾に撃たれた海の虚構星霊(エイドス)さえ、何が起きたか理解できなかったに違いない。

「こういうこった」

ただ一人――

地の虚構星霊(エイドス)を利用して跳弾で射貫(いぬ)いてみせた狙撃手だけが、淡々と頷(うなず)いて。

「反射角はさっき見たからな」

『――――ッッッ！』

断末魔。

ピシッ……パキッ……と。

撃ち抜かれた海の虚構星霊(エイドス)の体表から、光の破片が次から次へと剝がれ落ちていく。

が。まだ怪物は倒れない。

肉体が崩壊しながらも炎の中へと飛び込んで消失。

その直後、意識を失ったミスミス隊長を抱きしめたままの燐(リン)の真後ろで、いまだ燃えさかる炎がわずかに揺れた。

「燐、後ろだ！」

海の虚構星霊(エイドス)の強襲。

手にした鑓の切っ先が二叉(また)に分裂。それぞれが燐とミスミス隊長とをまとめて刺し貫く形となって――

「それウチの同僚」

「わたしの従者よ」

鑓が空を切った。

突如として伸びてきた星霊の糸が、動けない燐とミスミス隊長に巻きつくや二人を後方に引っ張り上げる。

さらに鑓の切っ先を、地面から突き出した氷壁が受けとめたのだ。

「楽な仕事だな使徒聖殿は」

「そっちはいい仕事したねぇジンジン」

星霊の糸を手繰りながら、璃洒。

その後方では、吹きすさぶ風に髪をなびかせたアリスが歩いてくる。

『ッッッ！』

倒れていく海の虚構星霊。

その肉体がボッと燃え上がった。青い肉体が、青い炎そのものへ。

自爆技。

崩壊した肉体を燃料と化して猛烈な炎を燃え上がらせて、燐とミスミス隊長を巻きこむ形で倒れていく。それを──

「イスカ！」

「ああ」

言われるまでもない。

アリスの声に背を押される形で、イスカの振るった黒の星剣が、炎と化した虚構星霊の巨体を一刀のもとに斬り伏せた。

『──』

海の虚構星霊、消滅。

だがまだ終わっていない。

もう一体。地の虚構星霊(エイドス)がほぼ完全な姿で残っている。

「来たれ『天の杖(つえ)』」

はるか天上(そら)。

幼げでありながらも底知れぬ言霊(ことだま)を帯びた声に、誰もが思わず振り向いた。

そう。

思えば、この最大最強の星霊使いがいた。

「煩わしい。まだ終わっていないのか？」

始祖ネビュリス。

小柄な少女が右手を掲げ、そこに曲がりくねった黒杖が形成されていく。

まさか。

「待てネビュリス⁉」

「一度かぎりの温情だ。伏せるといい」

伏せろ！

誰がそう叫んだか確かめる間もなく、その場の全員が身を投げだして床に伏せていた。

一センチでも頭を低く。地の虚構星霊(エイドス)から離れた位置へ。

耳を塞いで目を閉じて――

蒼穹(そうきゅう)から降下する天の杖。


大気が悲鳴を上げた。

世界の終末じみた轟音(ごうおん)とともに大地が割れ砕け、灼熱(しゃくねつ)と極寒が入り交じった風と衝撃波が、杖の落下地点を中心として吹き荒れる。

極大の光と衝撃。

目を閉じていても意識が遠くなっていくほどに――


「…………」

目を開けて。

残されていたのは巨大な陥没(クレーター)。

イスカが立ち上がった時にはもう、地の虚構星霊(エイドス)は跡形もなく消滅していた。

煙を上げる陥没。

すり鉢状の穴を恐る恐る見下ろしていた音々が、ややあって振り返った。

「……すごく不思議な感じ。音々たち、あの始祖に助けてもらったの？」

「結果論だ。本人にその気があったか知らねぇが」

こちらは瓦礫に腰掛けるジン。

その隣には、やはり瓦礫を椅子代わりにして座りこむシスベルが、横たわるミスミスをじっと見つめている姿がある。

「シスベル、隊長は？」

「心配ありませんわイスカ。星霊使いとして目覚めた人間にはよくあるショック状態です。ここまで突然に意識を失うのは少し珍しいですが」

「……そっか」

肺に溜まっていた息を吐く。

この第８国境検問所に転移してきた時から続いていた緊張が、ようやくわずかに解れた心地だ。

そして、おそらくは奥の彼女たちも同じ心境だろう。

「アリス様、今さらですがなぜここに？」

「燐、そういう時は最初に『お怪我はありませんか』と訊ねるのが従者の心得よ。ちなみにわたしに怪我はないわ」

「……そういう返事が来るってわかってたから省略したんですよ」

服の埃をはたき落とすアリス。

その後方に控える燐は、やや憮然とした面持ちだ。

「アリス様には帝国で待っていてほしかったのですが」

「心配だったのよ。始祖が目覚めて帝国を襲う気でいたから。それで王宮を飛びだしたの。……でも、これはどういうことかしら」

アリスが訝しげに睨みつける。

その視線の先で、帝国と皇庁という二大国の象徴である者たちが、鉄柵に背中を預けて並んでいた。

『傍観じゃなかったのかい？』

「目障りだっただけだ」

『帝国を滅ぼすのは改心したかい？』

「滅ぼす」

『だが帝国の元凶は消えたかもしれないよ。天守府で待ってるから話を聞きにおいで』

「乗ると思うか？」

『どうせ暇だろ』

にわかには信じがたい。

天帝ユンメルンゲンと始祖ネビュリスという最大の怨敵同士であるはずの二人が、まるで知人のような距離感で言葉を交わし合っていたのだ。

それがアリスには理解できないに違いない。

……そうか、アリスだけが二人の関係を知らないいんだ。

……僕らはシスベルの『灯(ともしび)』で百年前のことを見ているから。

始祖と天帝は旧知の仲。

ただし百年前に決別。それこそアリスが不安視するように、いつ何の弾みで『開戦』するか読めない敵対関係なのは間違いない。

「……時間の浪費だな」

褐色の少女が、ぶっきらぼうな口調で吐き捨てた。

鉄柵から身を起こして。

「ユンメルンゲン。私は帝国を許す気はない。が……」

『が？　何だい？』

「帝国より先に潰す相手ができた。せいぜい支度をしておけ」

くるりと反転。

天帝ユンメルンゲンに背を向ける一瞬、始祖の目がこちらを流し見た気がするのは自分(イスカ)の気のせいだろうか。

「帝国(ここ)は嫌いだ。居たくない」

まるで拗(す)ねた子供のように——

感情露(あら)わな言葉を口にして、始祖ネビュリスは空間の亀裂から姿を消した。

Intermission『月が欠けて太陽が曇る』

1

嫌な予感はあったのだ。

月の欠けた昨夜から、胸が締めつけられるような悪寒があった。


「……全滅……どういう事よそれ……？」


大陸を縦断する幹線道路も、あとわずか――

あと一時間も走らぬうちに帝国の検問所が見えてくる。その最中、大型車を急停車させ、シャノロッテは運転席から車外に飛びだしていた。

帝国・第8国境検問所――

目指していた方角を見上げて、シャノロッテは息を呑みこんだ。

「待って⁉　仮面卿とキッシング様がいて全滅って……どういうことよ⁉」

『……情報収集中だ』

通信先はゾア家の諜報部隊。

帝国を目指していたシャノロッテとは別に、月の塔に残って星と太陽の動きを監視していた別働隊である。

『仮面卿からの連絡が途絶えた。十五人の精鋭隊もだ、誰一人として連絡がつかない』

「……嘘でしょう」

冷たい汗が頰を伝っていく。

信じられない。

まるで想像もつかない報告に、喉が痙攣して声が擦れてしまう。

「だ、だって……始祖様が帝都に向かってるのよね！　だから私たちも帝都を襲撃して、捕まってる同志を救出する絶好の機だって……」

『その予定だった』

「キッシング様がいるのよ！　帝国軍……使徒聖が現れたって、誰一人として生還できずに全滅なんてありえないわ！」

『だから我々も困惑している！』

怒鳴り声。

通信機の向こうで、テーブルを殴りつける音がした。

『……シャノロッテ……お前は予定どおり第8国境検問所（チェックポイント）まで進め』

「それで？」

『精鋭隊が全滅したというなら、そこに必ず痕跡があるはずだ。徹底的に情報収集しろ。それに……万に、いや億に一つだが、たまたま通信機がすべて破損して連絡がつかなくなっただけの可能性も残っている』

「……もしそうじゃなかったら？」

本当に。

本当に仮面卿やキッシング、配下たちが全滅していたとしたら？

『――――』

通信先が押し黙る。

『我らの当主グロウリィ卿は、帝国軍による王宮襲撃で行方不明となった。当主不在で月（ゾア）が揺れるなか当主代理を買って出たのが仮面卿だ。指揮官的側面、参謀的側面、星霊部隊からの信頼を含め、いまの月（ゾア）は仮面卿の手腕で成立している』

「そうよ」

『キッシング様は月(ゾア)の切り札だ。星(ルゥ)のアリスリーゼ、太陽(ヒュドラ)のミゼルヒビィ。あの二人と女王聖別儀礼(コンクラーベ)で並びうる王女はキッシング様をおいて他にいない』

「だからどうなるのって訊(き)いてるのよ。仮面卿もキッシング様もいなくなったら！」

『――――』

二度目の沈黙は、一度目よりもさらに長かった。

どれほど待ち続けたことだろう。

ややあって、吹っ切れたような諦観の溜息(ためいき)が通信機から伝わってきた。

『月(ゾア)はお終(しま)いだ』

「……っ！」

ガンッ、と。

通信機を床に叩(たた)きつける音を最後に、通信は一方的に途切れた。

「……冗談じゃないわ。通信機を投げつけたいのは私なのに！」

まだ頭が整理できていない。

あまりの事実に心が追いつかず、頭が真っ白になってしまっているのが自分でもわかる。

この状況で運転を再開すれば確実に事故を起こすだろう。

「いったい何が起きたのよ……」

拳を握りしめる。

掌に爪が食い込む痛みを覚えながら、シャノロッテは奥歯を噛みしめた。

「……月が終わり？　認めないわ、認めるもんですか！」

もしも。

もしも終わりというのなら。

いっそ何もかも道連れにしてやろう。最後に大暴れしてやろう。

2

ネビュリス王宮――

太陽の塔、まぶしい朝陽のさすテラスで。

「まったく……星と月。共に沈みたくはないものだね」

ヒュドラ家当主『波濤』のタリスマン。

純白といういかにも格式高いスーツ姿。彫りの深い目鼻立ちに形のいい眉目、鈍い金髪を清潔にまとめた姿は、齢四十にしてますます男の色香に満ちている。

だが。

そんな凛々しき男の表情が、今、かつて誰一人として見たことがないであろうほどに、険しく歪められていた。

「八大使徒からの連絡が途絶えた。帝国の国境に到達したゾア家の大部隊が謎の壊滅だ。そこにいた帝国軍もろともね。……さてミズィ」

「はい叔父さま」

正面に座っている王女が、応じた。

——ミゼルヒビィ・ヒュドラ・ネビュリス9世。

彫りの深い目鼻立ちに、目の覚めるような青さの瑠璃色の髪をした少女だ。

もともとはタリスマンと同じ金髪だったが、その身に宿った強力な星霊の発現と同時に、髪の色が青く染まった経緯をもつ。

ヒュドラ家の次期当主にして、次代の女王候補。

その彼女に向けて。

「手短に訊こう。君に同じことが、できるかな?」

「いいえ」

「アリス君にできるかな?」

「いいえ」

即断だった。

王女ミゼルヒビィが首を二度横に振ってみせる。

「八大使徒は帝国を裏で操ってきた最高権力者。それをものの数時間で消し去った挙げ句、月の部隊と帝国軍を一人残らず壊滅……どうやったらそんなにも無情で強大なことができるのか。ヒトの力の領分を超えていますわ」

「そうだね。正しい解釈だと私も思う」

タリスマンが珈琲カップに手を添える。

手を添えただけでカップを持ち上げる様子はない。それほどまでに深く思索に集中せざるを得ない状況なのだ。

「星の中枢にいる災厄の力は、人間に宿るものではない。だが何百人という被検体のなか、唯一、イリーティア君だけは適合する可能性があった」

「狂科学者が報告書にまとめていましたね」

ただし適合とは「肉体が滅びない」という意味だ。

強大すぎる力にイリーティアの精神が壊され、他者が自在に制御できるだろうとの目論見があった。だから八大使徒も賛同したのだ。

最強の操り人形が手に入ると。

だが狙いは外れ——。

真の魔女(イリーティア)という怪物が誕生してしまった。

「……災厄の力に呑まれると思っていたが、まさか支配する側だったとはね」

微(かす)かな溜息。

タリスマンが当主となって以来、実に何年ぶりの嘆息だろう。

「いま私は久しくも苛立(いらだ)ちを感じているよ。何事も計画どおりにはいかないと。どうだねヴィソワーズ」

「そうですねぇ。割とやべぇ状況じゃないですか？」

テラスに立つ三人目の参加者。

ヴィソワーズと呼ばれた赤毛の少女が、テラスの手すりに寄りかかった。

右耳にピアス、左耳に大きな輪っかのイヤリング。攻撃的な目つきから荒くれ者を想像させる風貌だが、この少女は既に人間ではない。

被検体Vi。

かつてイリーティアと同種の施術を受けた少女。

「イリーティア君と同じ立場である君が、そこまで言う事態になっていると？」

「おっとやめてください当主。あたしはしょせん失敗作(なりそこない)の一つ。あたしと彼女(イリーティア)とを同一視してかかったら、当主も八大使徒と同じ轍(てつ)を踏みますよ」

「そうならない為の知恵がほしいね」

「無いです。もう単体じゃ誰も止められないバケモノでしょうから。迂闊に手を出せば、あたしたちまで全滅する」

お手上げだと。

そう言わんばかりに赤毛の少女が肩をすくめてみせた。

「ただし。矛盾するようですが、何かするなら今すぐです」

「というと？」

「真の魔女はさらに進化する」

「…………」

「彼女が向かう先はおそらく星の中枢。そこで災厄の力をさらに得るつもりでしょうね。そうなったら終わりですよ。帝国も皇庁も一夜で滅ぶ」

「なるほど。今後強まる一方だからこそ、『今』がもっとも弱いと」

当主が腕組み。

ミゼルヒビィ、ヴィソワーズが見守るなか無言で思索を続けて。

「……八大使徒、とんでもないモノを生みだしたものだね」

二度目の嘆息とともに立ち上がる。

「ヴィソワーズ、イリーティア君の居場所は特定できる？」

「んー……さっき言った通りですよ。彼女(イリーティア)なら星の中枢で災厄に接触することを狙うはず。地上(ここ)から星の中枢に潜る方法は一つしかないんで」

「星脈噴出泉(ボルテックス)ね」

答えたのはミゼルヒビィ。

タリスマンに倣(なら)い、陽光の彩(いろど)るテラス席から立ち上がる。

「手つかずの星脈噴出泉(ボルテックス)を見つけて、それを逆流して星の中枢に潜っていく。人間業じゃないけど彼女(イリーティア)ならやりかねないわ。そうですよね叔父さま」

「追跡の検討を急ごうか」

タリスマンが身を翻(ひるがえ)す。

王女と配下を引き連れて、太陽の当主は輝かしきテラスを後にした。


だが。三人は気づかなかった。

自分たちが思索に耽(ふけ)るなか、その頭上で、いつしか太陽が曇っていたこと。

星と月を呑(の)みこんだ昨晩の黒雲が――

太陽をも覆っていく様を、地上の『太陽(ヒュドラ)』は誰一人気に留めようとはしなかった。

Chapter.4　『捕虜以上、客人未満』

帝国、第8国境検問所。

そこに到着した帝国軍の応援部隊が見たものは、天変地異が過ぎ去ったかのように荒れ果てた光景だった。

割れ砕けた舗装路。

車両が玩具のようにひっくり返り、芝生は炎に炙られて炭と化している。

極めつけは、広場にできた巨大な陥没だ。

「これをまとめて始祖の仕業にする？　おい平気かよ使徒聖殿」

「いーのよジンジン。陛下がそう仰ってるし。……あ、そこの医療班、負傷者を乗せたら医療機関に運んで。ウチらは別のヘリに乗るから待たなくていいわよん」

顔をしかめるジンに、璃洒は暢気な口ぶりだった。

「イリーティアって怪物を公開しても面倒くさいだけでしょ？」

「……確かにな。そもそもアイツがああなった元凶も八大使徒だったか」

「そそ。黒幕が消えちゃったしね」

だから始祖にすべてを被せるのだ。

始祖ネビュリスが隣の第7国境検問所を襲ったのは事実であり、その姿は多くの帝国軍が目撃している。

世界に向けた公式発表としては、それがもっとも手っ取り早い。

「あ、そこの第二通信班、司令部と繋がったらウチが——」

「璃洒さん」

忙しなく指示を飛ばす璃洒。

その背中にイスカは声をかけた。

「一ついいですか。大したことじゃないけど……」

「ん？　どうしたのイスカっち？」

「天帝陛下と師匠が見当たらないんですが」

「陛下は一足先に帰ったわよん。あんなお姿だしね。イスカっちの師匠は陛下が帰る前に何か話してたけど、話し終わったらどっか行っちゃった」

「なんて雑な師だ!?」

師に聞きたいことが山ほどあった。

シスベルの星霊術で、百年前の帝国で何が起きたのかはおおよそ理解できた。

ただし肝心なものが残っている。

……星の中枢にいる災厄って何なんだ。

師匠だけじゃない。始祖やイリーティアもそれを気にしていた。

自分は聞かされていない。

師と始祖ネビュリスの会話から断片的にその存在を知ったに過ぎない。自分が手にしている星剣が、災厄を倒す希望だと。

と。

「おい天帝参謀」

傷の手当てを終えた燐。

その後方では、同じくこちらへやってくるアリスの姿もある。

「確認したいことがある」

「帝国軍の機密とウチの年齢体重以外なら何でもどうぞ」

「あいつらの措置だ」

燐が顎で後方を指し示す。

帝国軍の応援部隊が運んでいくゾア家の星霊部隊。

……始祖に乗じて帝国に乗りこもうとした？

……そこで真の魔女と鉢合わせしたのか。

真の魔女にとっては、八大使徒を消したついでの獲物だったのだろう。

たまたま出会したから壊滅させた。

あまりに理不尽で一方的な暴虐に巻きこまれた不遇は、自業自得でありながらも奇妙な同情を禁じ得ない。

「ゾア家の決起は、我らの女王の意に反した行為だ。その上で帝国軍に捕らえられた以上、奴らのために慈悲を乞う気はない。ただし非人道的な行為を企むなら――」

「あー、そこはご安心を」

璃洒がのほほんと手を振ってみせた。

昏睡したゾア家の部隊を運んでいくのは、帝国軍の医療部隊だ。

「行き先は星霊症の研究機関。ニュートン室長は星霊マニアなんで、ああいう稀少な星霊症となれば敵味方関係なく研究……もとい丁重に扱いますよ」

「扱いを違えるなよ」

「はいはいってば。……お？　そんな話をしてたらウチらの分のヘリが来た」

璃洒が見上げる上空。

イスカも見慣れた大型輸送機が、徐々に高度を下げてくる。

自分たちはこのヘリに搭乗して帝都へ帰還。

そして。

「……ここでお別れですわね、イスカ」

振り返った先で。

ストロベリーブロンドの髪をなびかせた王女が、今にも壊れそうな儚(はかな)い微笑でこちらを見上げてきていた。

「わたくしたちはこの国境を抜けて皇庁に戻ります。女王様(おかあさま)が心配していますし、何よりイリーティアお姉さまの事を伝えねばなりませんから」

「……ああ、そうだね」

そう。

元々それがシスベルとの「護衛」の約束だ。

独立国家(アルサミラ)での契約がここまでの長旅になるとは、当初思ってもみなかったが。

「ミスミス隊長はまだ倒れたままですか？」

「意識は戻ったよ。いまは音々とジンが看(み)てくれてるから心配いらない」

「あの三人にも礼を伝えてください。ほら燐も」

シスベルに名指しされて、燐がきょとんと瞬き。

「あなたも礼を言うべきですわ」

「……私がっ⁉　なぜ！」

「天帝の部屋で贅沢三昧していたそうではないですか。毎日おいしいご飯を食べて」

「私は捕虜になっただけですが⁉　と、とにかく誤解です！　私はこいつらの世話になんか一切なっていません！」

顔を真っ赤にして燐が主張。

「アリス様、アリス様も何か仰ってください！」

「―――――」

「……アリス様？」

違和感を察した燐が振り返る。

そのすぐ隣で、金髪の王女はじっと無言で俯いていた。シスベルと燐の会話も耳に入っていないらしい。

「アリス？」

「っ！」

自分(イスカ)が呼びかけた途端、今の今まで誰の声にも反応しなかったアリスが、「きゃっ」と驚いたように小さく飛び跳ねた。

「な、何よ！……キミね。いきなり声をかけてきて……」

「僕だけじゃなくて燐もだよ。さっきから」

「え？」

「……ふぅん」

燐のまなざしがすっと冷ややかに。

「私が呼んでも応えないくせに、帝国剣士が呼んだら反応するんですねぇ」

「そんな事ないわ!?……偶然よ。ちょっと考え事をしていて上の空だっただけ！」

アリスがぱっと金髪を撥(は)ね上げる。

ただ気丈に振る舞おうとする仕草のその瞬間、横顔がどこか儚いものに感じられたのは自分(イスカ)の気のせいだろうか。

「……皇庁(くに)に帰りましょう。行くわよ燐、シスベル」

アリスが身をひるがえす。

と思いきや。躊躇(ためら)うような数秒の余韻を空けて、ネビュリスの王女はその澄んだ横顔をこちらに向けてきた。

「イスカ……立場上多くは話せないけど、今回は、あなたに借りができたと思っているわ。燐と妹をありがとう」

「成り行きだよ。僕らも生きるために選択しただけだ」

「……そうね」

ふっ、と微笑。

そのまま検問所のゲートへと靴先を向けて――

『おっと待ちな』

璃洒が握った通信機から。

それは、つい先ほど消えたばかりの天帝の声だった。

「おや陛下？　一足先に戻られたんじゃ？」

『メルンは天守府だよ。それはともかくね璃洒、まだ皇庁の王女たちはそこにいるかい？　特にアリスリーゼ王女』

「……わたし？」

アリスが、緊張の面持ちで振り向いた。

「帝国の総帥が、わたしを名指し？」

『お前の姉がなぜああなったか知りたくないかい？』

「……っ！」

アリスが息を呑む。

何を言われても動じないつもりでいたのだろうが、これぱかりは涼しい顔で受け流せという方が難しい。

「逆に訊くわ。あなたは何をどこまで知っているの」

『お前よりは事態の核心に近いよ。なにせほら、メルンはこんな姿だからね。お前の姉と似たような化け物だ』

「っ、人の姉を……っ！」

『化け物と呼ぶなって？　ご覧よ周りを。お前の背後で運ばれている帝国軍も星霊部隊も、みんなイリーティアの犠牲になった。無差別にね。それともお前、これが蛮行以外の何かに見えるのかい？』

「……そ、それは……」

アリスが口ごもる。

本心ではわかっているはずなのだ。イリーティアはもう、自分の知っている姉ではないのだと。

『悪い話じゃないよ。あの化け物について、メルンの知っていることすべてを教えよう。璃洒(リシャ)について天守府までおいで』

「えっ⁉」

「なにっ⁉」

真っ先に反応したのはシスベル、そして燐だ。

天帝が暗に含ませた意思は、皇庁に戻らせる気はないということ。天守府つまり帝都にアリスを呼び招くと言っているのだ。

「……わたしに帝国軍の捕虜になれと？」

『捕虜以上、客人未満かな』

あっけらかんとした笑い声。

『そうそうアリスリーゼ王女。お前、氷禍の魔女だろう？』

「…………」

アリスが口をつぐむ。

氷禍の魔女は帝国軍の誰からも恐れられ恨まれた存在だ。今ここで「はい」と応えることがどれだけ危険なことか。

そんなアリスの葛藤を見透かしたように──

『今だけ恨みっこなしにしよう』

通信機の向こうの声は、限りなく穏やかだった。

そばで聞いているイスカが拍子抜けするほどに、淡々と。

『お前が暴れないと誓うならこちらも無粋な真似はしないよ。お前の望むかぎりの自由を約束しよう』

「……何を考えているの？」

『メルンはね、今とても打算的な話をしているんだよ』

その一瞬。

牙を剝いて嗤う獣人の顔が、誰しも脳裏に浮かんだことだろう。

『お前に、お前の姉を倒してもらいたい』

姉妹戦争。

天帝が発したものは、血を分けた姉妹による凄惨な未来の宣言だった。

『先のやり取りで思いついたのさ。イリーティアはまだ家族への愛念が捨て切れていないらしい。差し向ける刺客としては最適だろう？　お前の姉を討つために、お前に必要な情報を提供してあげる』

一切の遠慮なき提案。

それを思案するのにどれだけの時間を要しただろう。璃洒から受け取った通信機を手にしたアリスが、ふっと弱々しく苦笑した。

「……さすが帝国。魔女の扱いには容赦ないのね」

『お前の姉は、もうじきお前の祖国を滅ぼすよ？』

「――――」

『帝国だけを守る、皇庁だけを守るの段階は過ぎたのさ。どっちも守るかどっちも滅びるかだ。嫌なら帰るといい。最期の時を祖国で迎えるのもお前の自由だ』

「……わたしが、お姉さまを……」

二度目の沈黙。

項垂れたまま口をつぐむアリスに、その場のまなざしが集中する。

「わたしは――」

アリスが満を持して言いかけた刹那。

それを押しのけて、ストロベリーブロンドの髪の少女が割って入った。

「な、ならば！　わたくしが残りますわ！」

『お？　その声はシスベル王女？』

「わたくしです！」

シスベルが胸に手をあてて。

「イリーティアお姉さまは変わってしまった……いえ、あれこそがお姉さまの本性だったというのなら、妹であるわたくしが止めなくてはなりません！」

『へえ？』

天帝の愉快そうな相づち。

『お前の星霊は戦闘に不向きだよ。わざわざ死地に赴くのかい？』

「戦闘以外で支援ができますわ。それにイリーティアお姉さまを止めるための相談は……皇庁の誰よりも、天帝、あなたの方が適していると判断します」

『賢しいね。正しい理解だよ』

「事実、まだわたくしの力が必要なのではないですか？　お姉さまの力を分析するのにもお役に立てますが」

『その健気さは評価しよう。煮え切らないどこぞの第二王女と違って』

「当然です！」

第三王女がここぞとばかりに胸を張って。

「このわたくしが、腑抜けなアリスお姉さまの代わりに……むぎゅっ」

「だ、だ……だぁぁぁれが腑抜けよ！」

今度はアリスの番だった。

意気揚々と言いかけた妹のほっぺを両手で押しつぶし、これでもかと睨みつけて。

「わたしは！　あなたと違って思慮深いだけ！」

「ふふん？　お姉さまにビビってるんですかお姉さま？」

「ビビってないわよ！……もう、わかったわよ」

アリスが大きく息を吐く。

燐に向けて目配せし、手に握った通信機を睨みつけた。

「帝国のどこへでも連れて行きなさい。ただし丁重に扱うこと。無礼な真似をすれば全力で暴れるわよ」

Intermission 『曲げ捨てられた棘(とげ)』

1

帝都・軍立第三病院。

この帝都における唯一の「星霊症」専門病院だ。

星霊術の中でも極めて特殊な『呪い』『洗脳』『毒』などは、術者の数こそ少ないが治癒が極めて難しい。

ゆえにこの病院の医師たちは、そんな星霊症に対応するための専門医ばかりである。

その第二病棟で。

「さあさあ忙しくなるね。何と言っても過去に例のない星霊症だ」

青白い光に満ちた廊下。

乳白色のタイルに陽気な声を響かせて、痩軀(そうく)の男が足早に進んでいた。その隣に白衣の助手を従えて——

「現場は第8国境検問所（チェックポイント）。事件発生はおよそ七時間前。そうだねミカエラ君？」

「はい」

「犠牲者は三十九人。国境検問所（チェックポイント）の警備にあたっていた帝国兵二十人。そして帝国領内に侵入を試みたネビュリスの精鋭が十九人。これが全滅だ。共通症状は『原因不明の昏睡（こんすい）』。絶対に目が覚めない。今まで何を試したかね？」

「呼びかけを含む騒音。肩を叩（たた）くなどの外部的衝撃。薬物投与による強制的な覚醒。いずれも効果ありませんでした」

「結構だ」

女医務官ミカエラのよどみない返事に、痩躯の男が満足げに頷（うなず）いた。

「ではミカエラ君、診療録（カルテ）を」

「ニュートン室長」

「何だね」

「いま室長が手に持っているのが診療録（カルテ）です」

「おっと？　そうだそうだ。つい考えごとをしていると忘れてしまうね。ほらあれだよ。眼鏡をかけているのに眼鏡を探してしまう現象さ」

ミカエラに指摘され、髭（ひげ）をたくわえた室長が苦笑い。

――使徒聖第十席。

サー・カロッソス・ニュートン研究室長。

通称「もっとも不健康な研究員」。風が吹くだけで折れそうな肩や二の腕が表すとおり、使徒聖という最上位戦闘員のなかでは例外的な文官である。

「犯人は……始祖ネビュリス？」

「表向きはそう報告されます。先ほど璃洒様から連絡があり、事件の真相は、八大使徒が極秘に研究していた被検体の暴走。具体的にはネビュリス皇庁の第一王女イリーティアだということです」

「未知の魔女……か」

ニュートン室長が低く唸(うな)る。

「今回の星霊症とも合致するね。過去に例がない。おそらく八大使徒が研究していたのは、既存の魔女を超える魔女だ。第8国境検問所(チェックポイント)で襲われた三十九人は不遇だとしか言いようがないが、命をつなぎ止めているだけ幸運と言える」

「幸運ですか」

「幸運だとも。少なくとも私は、彼ら三十九人を適切に診断し、研究し、そして快復させるつもりでいるんだからね」

両手を広げ、歌うように続ける痩軀の研究者。

その男が――

通路の奥にある部屋を前に、足を止めた。

「何よりも彼女だ。魔女イリーティアの力を目の当たりにして逃げ延びた唯一の生き証人。ああ……まあ三十九人も生きてはいるが、喋れるのは一人だからね」

「お気を付けて」

そう言う助手ミカエラは、堂々と銃の拳銃嚢を腰に提げている。

「純血種です。見た目は幼い少女ですが、単体戦力はあの氷禍の魔女にも匹敵する危険性があると璃洒様から報告が入っています」

「ゾクゾクするよ。素晴らしい」

「星霊封じの手錠を三重に塡めています……が、純血種の力をどこまで押さえ込めるかわかりません。監視カメラで見張っていますが、何らかの敵意もしくは異状を確認した時には発砲も認められています」

「この魔女の名は？」

「報告によれば――」

ミカエラが手元の報告用紙に目を落とす。

「キッシング、です」

扉を解錠。

ギィ……と、重々しい音を立てて、重厚な金属扉が開いていく。

──魔女の取り調べ室。

四角いテーブルと、併せて用意された粗末な椅子が二つ。

天井には監視カメラが三台。さらに星霊エネルギーの検出器が天井と床の四隅にそれぞれ取り付けられている。

「お邪魔するよ、可愛らしいお嬢さん」

ニュートン室長とミカエラが入室。

そこに、椅子に座って微動だにしない黒髪の少女がいた。

愛らしい相貌、小ぶりながらも血色の良い唇。もしも街角で見かければ思わず振り向いてしまいそうな可愛らしさだ。

ただし。

黒髪の少女はじっと俯いて、ニュートンたちの入室には何一つ反応しなかった。

「具合はどうだね？　我々の自衛という意味でやむなく君に手錠をつけさせてもらったが、それ以外で要望があるなら聞き入れよう」

「――――」

「そして安心したまえお嬢さん。君に危害を加える気はないよ。ありきたりに聞こえる？　まあ古典的な懐柔表現であることは否定しないがね」

「――――」

「本題に移ろう。帝国(われわれ)はね、お嬢さん、君と協力がしたいと思っているのさ」

ニュートンが席に腰掛ける。

テーブルを挟んで少女の対面へ。

「君たちは帝国領内に侵入(キッシング)しようとした。第8国境検問所(チェックポイント)に差しかかり、そこで不遇にもバケモノと出会(でくわ)してしまった。そうだね？」

「っ」

ビクンッ、と。

黒髪の少女が小刻みに震えたその反応を、ニュートン室長は見逃さなかった。

怯えている。

帝国軍を震え上がらせる純血種が、心に深い傷を負わされるほどの怪物。

「君はそのバケモノの力を見たはずだ」

「――――」

「我々はその情報を求めているんだよ。倒れた者たちの治療に必要な手がかりだからだ。そこには無論、君の仲間である星霊部隊も含まれる」

「…………なか……ま……」

少女が初めて声を発した。

「…………叔父さま……」

「ん？　叔父さまとは誰のことだい？」

「――――」

「おっと失敬。あまり深入りは望まれていない雰囲気だね」

ニュートン室長が大げさに咳払い。

数秒の間を隔てて。

「帝国軍に協力するなんて、という心理的な障壁がお嬢さんの中にはあるかもしれない。けどね、これはそう壮大なものじゃないんだよ」

「――――」

「これは戦略的互恵だ。互いに有益なものを取引するだけ。君は、君が見た魔女の秘密を提供する。我々はそれをもとに昏睡者の快復手段を研究する。君の仲間もそれで蘇るんだ。互いに喜ばしいことだと思うがね？」

「――――」

少女が再び沈黙。

一瞬の怯えと言葉を垣間見せはしたものの、それは泉の水面に生じた波紋のようなもの。水面が静けさを取り戻すように、少女の表情にすぐに深い陰が落ちていく。

話す気がない。

いや。話す気力が根こそぎ削ぎ落とされている。そんな印象だ。

と。

「おいおいおいおいおい！」

騒がしい声と足音が近づいてきたのは、その時だった。

「邪魔するぜニュートンちゃん！」

扉を豪快に蹴り開けて、野性味ある女兵士が飛びこんできた。

使徒聖第三席、『降りそそぐ嵐』の冥。

乱雑な長髪と日焼けした肌、唇に見え隠れする犬歯は異様に長い。

タンクトップ風の戦闘衣から覗く腕は鋼のように引き締まり、爛々と輝く眼光もあいまってネコ科の大型肉食獣のような佇まいだ。

その冥が、爛々と目を輝かせて。

「ニュートンちゃん！　マジであの魔女捕まえたのかよ！」

「む？　珍しいね冥君、天帝陛下の護衛をすっぽかしてこんな陰気な場所へ？」

「そりゃ好奇心よ。あと茶化しに来た」

揚々と取り調べ室へ。

手錠をかけられて座る魔女を見下ろして、冥が「わおっ」と声を上げた。

〝わたし、キッシング・ゾア・ネビュリス九世と申します〟

〝教えてあげよっか。『降りそそぐ嵐』の異名のワケを〟

殺し合いの関係。

帝国軍によるネビュリス王宮への襲撃作戦時。月の塔に向かった冥と死闘を演じたのが、まさしくこのキッシングだった。

当時は互いに痛み分けに留まったが――

「いやー驚いた。本物だよ。どうやって捕まえたんだ？」

怨敵の魔女を覗きこむ、使徒聖。

「久しぶりじゃんお嬢ちゃん。いやー、あの時は邪魔が入って残念だったよなぁ。ってか、あたしと決着つける前に捕まったのかよ。それとも何だ？　わざと捕まってあたしに会いに来たってか？」

「────」

幼き魔女は応えない。

先ほどまでと同じくじっと俯いて無言。とはいえ冥はそれを気にする様子もなく、ますます興味津々に顔を近づけていく。

「なあなあ答えろよ？　お前、そんな手錠で繋がれててもホントは星霊術使えるんだろ？有象無象の奴らとは違うってあたしが一番よく知ってんだぜ？　そんな無抵抗なフリしてないで、今すぐ襲ってこいよ。なあ」

「────」

「おいおい嬢ちゃん。まだ様子見かい？」

冥が身を屈ませた。

顔を上げようとしない魔女の顔を愉快そうに覗きこむ。が。それから間もなく冥の表情が曇っていくのをニュートンとミカエラは目の当たりにした。

冥の表情が初めは不思議そうに。それが徐々に不機嫌へと変化して。最後に――

轟っ！

目の前のテーブルが、突如として天井に打ち付けられた。

「きゃっ⁉」

悲鳴を上げて身を竦ませる助手ミカエラ。

「な、なな……何をするんですか冥様⁉　テーブルを破壊するなんて⁉」

「むかついた」

冥が立ち上がりざまに蹴り上げた机が木っ端微塵に。

その残骸がぱらぱらと、ミカエラやニュートンの頭上に落ちてくる。

「……つまんね」

冥のぼやき。

今の破壊にも微動だにしない黒髪の少女を、醒めた視線で見下ろして。

「ボキボキに折れてんじゃん」

「ん？」

「ああニュートンちゃん。こいつ尋問しても無駄だぜ。何も残っちゃいねぇよ。精も気力も果てた抜け殻だ……あー来て損した」

これ見よがしに溜息。

「からかう価値もない。じゃあねニュートンちゃん、あと任せた」

返事も待たずに背を向ける。

どこか寂しげな足取りで、使徒聖の第三席は廊下の先へと消えていったのだった。

その十五分後——

どんな呼びかけにも沈黙を続ける魔女に、ニュートンとミカエラもまた交渉を断念して部屋を後にしたのだった。

2

夜が落ちてくる。

真っ青な蒼穹を塗りつぶす黒い帳が、するすると、地平線の先へ落ちていく。

月が輝く時間。

子供の頃、夜は怖くないよと教えてもらった。夜空に輝く月がきっと守ってくれるから。

月に守られた一族。

それがゾア家なのだと教えられ、それを信じて生きてきた。

……なのにどうしよう。

……もう信じられない。信じたくても信じられないくらいに夜が怖い。

アイツのせいだ。

〝星の鎮魂歌(レクイエム)を聴かせてあげる〟

「っ」

ゾクッと全身を駆けめぐる悪寒(おかん)に、キッシングは全身を小刻みに震わせた。

また思いだしてしまった。

ルゥ家第一王女イリーティア………の声をした怪物。

わかるのだ。

自分の特性は『眼(め)』。眼に星紋を宿したという極めて稀少(きしょう)な肉体的特徴を得たことで、自分は星霊エネルギーの流れを見ることができる。

始祖様：誰より大きい。猛々(たけだけ)しい。嵐。

天帝：小さい。けれど雄大。連なる山々。

アリスリーゼ：大きい。綺麗(きれい)。氷の花。

ミゼルヒビィ：大きい。華やか。太陽。

シスベル：小さい。儚(はかな)い。蛍光。

その他の星霊部隊：すごく小さい。それぞれ違う。

でもアイツはだめだ。イリーティアの全身から噴きだす力は、星霊エネルギーではない「何か」に変貌しつつあった。

とてつもなく邪悪なもの。

死神や悪夢とでも言った方が近いだろう。目があっただけで死を覚悟した。

だが。

自分は生きている。

なぜ？

自分が強いから？　そうじゃない。

助けてもらった？

逃がしてもらった？

違う。

庇(かば)われたのだ。

「…………叔父さま」

冷たい床。

ほぼ真っ暗な部屋のなかを四つん這いで歩いていく。部屋の隅にある寝台——そこには人工呼吸器をつけて横たわる男がいた。

顔の右半分に大きな火傷。

若かりし頃の、帝国軍との戦いで受けた傷の名残だと聞かされた。

あまりに痛々しく、王家という人目につく立場である彼は、豪奢な仮面で傷を隠した。以後、彼自ら皮肉めいた冗談でこう名乗ることにした。

——仮面卿、と。

その仮面を外した素顔。

帝国軍に素顔を見せるのは彼にとって憤死同然の屈辱だろう。けれど、そうしなければ人工呼吸器がつけられなかった。

「…………叔父さま」

火傷の痕を撫でる。

やめなさいキッシング——そう言って彼が目覚めやしないか。そんな儚い希望がしょせん都合のいいものだなんてわかっている。

目を開けない。

あの瞬間、広場にいたゾア家の精鋭すべてが壊滅するはずだった。

それが。

〝星の鎮魂歌（レクイエム）を聴かせてあげる〟

〝逃げろキッシング！　君だけは――――っ〟

仮面卿オンの星霊は『門』。

魔女イリーティアの『星の鎮魂歌（レクイエム）』が発動する寸前に、キッシングの目の前に空間転移の門が開いた。

そのまま意識が途切れ……

気づけば自分だけが離れた場所にいて、自分を除くすべての人間が倒れていた。

「……っ……なんで……」

喉の奥から嗚咽（おえつ）が漏れた。

「……叔父さま……叔父さまは……逃げられましたよね……？」

一人は逃げられた。

自分が逃げることができたのに。

「……わたしを助けるために……叔父さまは、犠牲になったのですか……」

昼を過ぎて。

夜になって。

また朝を迎えたとしても、きっと目を覚ますことはない。永遠に。

「──ごめんなさいっ！」

堰が切れた。

ぼんやりと輝く少女の相貌から、大粒の涙がこみあげた。

「ごめんなさい……ごめんなさいごめんなさいごめんなさい………わたしが、わたしが弱かったばっかりに！　叔父さまは苦しかったですよね、今も苦しいですよね……わたしは…………それなのに何もできないっっっ！」

無力さを知った。

素晴らしい星霊だと。女王になるべき器だと持て囃されてきた少女は、自分がどれほど弱い存在であるかを痛み知った。

そして。

もう一つ気づいたことがある。

「……叔父さま……わたし知りました……こんなにも怖いことがあったのですね……」

怪物の存在が？

死に直面した恐怖が？

いいや違う。

「怖いのは……一人であること……」

倒れた仮面卿。

名を呼んでも顔の傷に触れても目覚めることはない。もう名を呼んでくれないのだ。頭を撫でてくれないのだ。

そう気づいた時、理解した。

あの魔女イリーティアに勝てないという絶望より――

死に直面した恐怖より――

「わたしは孤独（ひとりぼっち）が怖いんです。叔父さまのいない世界が嫌なんです……」

死よりも何よりも。

永遠に一人で生きていく孤独の方が、遥（はる）かに苦しい。そう知った。

「……叔父さまは怒るかもしれないけれど」

仮面を失った彼の手を握る。

まだふるえる両手で、その手を力いっぱい握りしめた。

「わたしには手段を選ぶ力がありません。わたし、どんな手を使ってでも……叔父さまの仇(かたき)を取りたいのです」

暗雲が晴れた。

月明かりの差しこむ監視室で、月の王女は顔を上げた。

Chapter.5　『アリスの知らない関係』

1

輸送ヘリ内部――

帝都に向かう空輪機のなか、璃洒がふと手招きしてきた。

「ミスミス、イスカっち、ジンジン、音々たん。大事な話があるからちょっとおいで」

「ゾッとしねぇな」

真っ先に立ち上がったのはジンだ。

「アンタが『大事な話』なんて言いだすのは聞いたことがねぇぞ。天帝の外見があんなだった時もそっけなかったじゃねぇか。……余程ヤバい話か？」

「そそ。先に言っておくけど悪い話ね」

璃洒が肩をすくめてみせる。

いつもなら暢気そうに見えるはずの仕草さえ、今は億劫そうな雰囲気だ。

「ミスミスに訊(き)こっかな。真の魔女(イリーティア)から受けた帝国の被害、どれくらいだと思う?」

「え? ええと……」

ミスミス隊長がその場で思案。

「帝国議会を支配してた八大使徒が消えて……帝国上層部が混乱してる?」

「うん。一つ正解」

「あと第8国境検問所(チェックポイント)の駐屯部隊が全滅して、帝国軍も痛手だよね」

「それが半分不正解」

「……え?」

「痛手じゃなくて大損害。甚大(じんだい)と言っても過言でないわ。だから天帝陛下が大急ぎで帝都に戻ったっていう事情もあるくらいにね」

ヘリの窓から。

璃洒のまなざしは、帝国の街並みを見下ろしていた。

「次はイスカっちに聞こうかな」

「……何をですか」

「真の魔女(イリーティア)は、帝都の地下五千メートルにある帝国議会で八大使徒と戦闘した。その一部始終はシスベル王女の『灯(ともしび)』で見たわよね」

「はい」

「そこで何か引っかからなかった？　たとえばさ、真の魔女（イリーティア）は地下五千メートルの奥深くまで潜ってきたわけよ。もう人間じゃないから地中をすり抜けても不思議じゃないけど、じゃあどこから潜ってきたと思う？」

「えっ、それはもちろん地上か――……」

言葉が途切れた。

意図して切ったのではない。言いかけた瞬間に脳裏に過（よぎ）った「ある可能性」を恐れるあまり、喉が痙攣（けいれん）して声が擦（かす）れたのだ。

帝国議会に到達するには、地上から地底深くに潜るしかない。

それは当然だ。

……だけど逆に考えろ。

……帝国議会の真上には何が、ある？

考えるまでもない。

なぜなら八大使徒に呼び出された時、自分はいつも帝国軍の基地から――

「……中央基地」

「そう。第九〇七部隊の諸君がいつも演習したり会議を開いてた基地。真の魔女（イリーティア）はそこから侵入した。で、帝国と皇庁どちらも滅ぼそうとしている輩（やから）が、通りがかりの中央基地を何もせず素通りすると思う？」

「…………」

じっとりと粘りつく汗が、頰を伝っていく。

第8国境検問所（チェックポイント）の惨劇が嫌でも浮かび上がる。

中央基地に侵入した真の魔女（イリーティア）にとっては、そこにいる何千人という帝国兵たちはすべて獲物に等しい。

その標的を前にして取る行動といえば——

「…………璃洒ちゃん、嘘（うそ）だよね？」

カタカタと震える唇で、そう口にしたのはミスミス隊長だった。

「……まさか……中央基地の人たちまで」

「二割」

璃洒の答えは、これ以上ないほど端的だった。

「真の魔女（イリーティア）の侵入時に中央基地にいたのが全人員のおよそ六割。四割はウチらと同じく外の任務に出ていたり出張で留守にしてた。で……実際に真の魔女（イリーティア）の迎撃に向かった兵士はほんの数十人だったんだけど、被害はその人数じゃすまなかった。巻き添えよ」

真の魔女(イリーティア)が発した正体不明の力。

それが衝撃波のごとく中央基地の一帯に広がり、結果、真の魔女(イリーティア)の迎撃とは無関係の兵士たちまで犠牲になった。

「症状は例のやつね。目が覚めない昏睡(こんすい)状態」

「それが二割か」

ジンが座席にかけ直し、深々と溜息(ためいき)。

「よくある通説で、組織の三割にあたる数が消えたらその組織は機能停止に陥る。戦場なら『全滅』だ。二割ってのはどうなんだ使徒聖殿？」

「機能停止ギリギリ手前の大混乱だねぇ」

璃洒が苦笑い。

いつにない焦燥の声音で。

「その二割には幹部や隊長が当然含まれる。命令系統も麻痺(まひ)寸前。まあ何が言いたいかっていうと、基地の様子を見ても驚かないでね」

噂(うわさ)をすれば。

璃洒が見下ろす地上に、帝国軍の中央基地が見えてきた。

2

中央基地。

ヘリから降りたイスカが見たものは、何一つ変わらぬ基地だった。

破壊され、燃やされ、傷つけられ……そんな外傷が何一つない。基地の外壁は無傷同然。演習場の芝生も瑞々(みずみず)しく、敷地(しきち)の隅には花が咲いている。

唯一の違いは――

基地の敷地内がほぼ無人であること。

「昏睡状態の患者の手当てと輸送で大騒ぎよ。動ける者は連絡と会議で大忙し。いま基地の外をぶらついてるのがいたらサボりか、あるいは皇庁の密偵(スパイ)。どっちであれ即とっ捕まえなきゃね」

「……そこまでですか」

敷地を進んでいく璃洒。

その横を歩きながら、イスカは周囲を見回し続けていた。

いつもなら軍用車が忙しく行き来する車道も、今ばかりは遊歩道も同然の空き具合だ。

「あと八大使徒の消滅も、これはこれで困りものねぇ」

璃洒が微苦笑。

「毒をもって毒を制すって言うじゃん？　あの極悪人どもが目を光らせてたから下の悪党が好き勝手できず怯えてたのよ。八大使徒が消えたことで帝国議員の野心家とか犯罪者がここぞとばかりに動きだすはず。しばらく帝都の治安にも影響するかも」

「璃洒さん、ってことは……」

「ん？」

「もしもですよ、この状況でネビュリス皇庁が大軍で仕掛けてきたら」

「そりゃ大ピンチよ。帝都陥落までは行かずとも下手すりゃ州都のいくつかもってかれるんじゃない？」

決して誇張ではあるまい。

帝国上層部が大混乱。

帝国軍にも多くの犠牲者が出ているいま、皇庁との交戦は避けたい。

「イスカっちは察してるだろうけど、陛下があの魔女姉妹を帝都に残しておきたかったのも、そういう背景があるのよね」

「……たぶん本人たちも理解してますよ」

アリスとシスベルの王女二人。

彼女たちが帝国にいる間は、皇庁も迂闊(うかつ)には手を出せまいという画策。

「人質にするにしては危険ですけど……」

「だからイスカっちに頼むのよん」

芝生を進んでいく璃洒。

「あの王女たちの見張りには使徒聖三人くらいが妥当だけど、いま使徒聖は司令部と協力して命令系統の立て直しで手一杯。おまけに第一席も抜けちゃったしね。空っぽの一席をどうするかも喫緊の課題で。ってわけで！」

璃洒が急停止。

天守府の方角を指さして。

「魔女三人、天守府にいるから見張っといてねイスカっち！」

「天守府に？　そこで暴れたらそれこそ大変じゃ……」

「他に隠せるところある？　ネビュリス皇庁の魔女を帝国軍が受け入れたなんて話が知れ渡ったら大事よ？」

「……まあそうですけど」

「ほら行った行った。魔女たちが暴れないように手綱つけといて」

軽く言うなぁ。

そんな心中のぼやきを溜息に変えて、イスカは璃洒に向かって背を向けた。

通称『窓の無いビル』。

それが天守府であり、天帝ユンメルンゲンが隠遁生活を送っている宮だ。

待ち合わせしていた入り口で──

「俺ら四人、機構I師に異動だそうだ」

「へ？」

ジンが開口一番に発した一言に、イスカは思わず聞き返してしまった。

「ジン、もう一回」

「俺ら機構Ⅲ師・第九〇七部隊は、本日正午をもって機構I師に配属だ。Ⅲ師所属のままで天守府に行き来したら同僚からも怪しまれるからな」

「…………」

「もしや使徒聖殿から聞いてないのか？　発案者だぞ」

「全然聞いてない」

はは、と思わず苦笑い。

……璃洒さんに限って言い忘れたなんて考えられない。

……さては、驚かせたくてワザと言わなかったな。

自分（イスカ）たちの所属は機構Ⅲ師。

これは帝都から辺境に派遣される応援部隊だ。ネウルカの樹海、ミュドル峡谷への派遣が例である。

Ⅰ師は、帝国上層部の専任守護部隊（シークレットサービス）。

いわば精鋭中の精鋭部隊だ。

「俺らはⅠ師の中でも『天帝警護部隊』だ。俺らの指揮官は司令部じゃなく使徒聖になる。この配属なら天守府にも堂々と入れる」

「璃洒さんが僕らの上司？」

「そういうこった。帝国軍の扱いとしちゃ昇格で大抜擢（ばってき）だ。望んじゃいねえが」

ジンが身分証を扉に近づける。

ピッ、と音を立てて天守府の扉が開いていく光景が、もう既に信じられない。

Ⅲ師の権限では開かない扉。

既に自分たちの所属は、Ⅰ師に切り替えられていたらしい。

「……隊長はもう中に？」

「帝国司令部だ。俺ら四人の異動手続きを三時間で終わらせろってな。隊長（ボス）一人じゃどうしようもねえから音々が付き添ってる」

「ああ、だから二人がいないのか」

「あと二時間は待ちぼうけだ。俺らは先に中で待ってろだとよ」

天守府内部へ――

つい数時間前までいたビル内だが、璃洒の付き添いとして入場した前回とはワケが違う。

今は天帝警護部隊の一員としてだ。

無人の廊下。

何十メートルという廊下を見わたしても誰一人として歩いていない。

コツッ……コツッ……。

イスカとジンの靴音だけが響く廊下。警備員や事務員は一切いない。

そう思いきや。

「お？　見覚えある顔じゃん」

廊下の真ん中に、野性味ある女兵士があぐら座りで座りこんでいた。

使徒聖第三席、『降りそそぐ嵐』の冥。かつて使徒聖の末席であったイスカにとっては、当時の同僚である仲だ。

「……冥さん、あの、どうもお久しぶりです」

「なあイスカちゃんよ」

その冥が、こちらを見るなり「はぁ」と思いきり深々と溜息をついてみせた。

あまりにも気力の抜けた口ぶりで。

「張り合いがねぇのもつまんねぇよなぁ」

「はい？」

「……業務報告。天守府の警備はあたしと第二席、あと璃洒の三人が指揮を執ってる。で、イスカちゃんらはその下で働いてもらうから……はぁ……」

「その第二席は？」

「あいつなら天守府の外で待機中。あたし以上の魔女嫌いだもん。天帝陛下がワケありで連れてきた魔女とはいえ、顔を見たら問答無用で襲いかかるだろ。だから陛下の命令で外の警備にされてる。だから内部の警備があたしらで……はぁ……」

冥の溜息は、もう何度目だろう。

「今あたしすげぇテンション低いから。イスカちゃん、天守府は初めてじゃねえだろ。道案内は省略。適当に進めや」

「……わかりました」

冥は座りこんで振り返ろうともしない。

その先を進んだガラスの渡り廊下をさらに進んで――

四重の塔の最上部『非想非非想天』。

そこに足を踏み入れた途端、ツンと強い草の香りが鼻を刺激した。

天帝の間。

赤を基調とした大広間に、一歩足を踏み入れた途端――

「おい天帝！　これはいったいどういうことだ！」

燐の怒鳴り声がこだました。

「天守府の四階の事務室を、アリス様とシスベル様が寝泊まりされる部屋に改装すると、そう言ったのはお前だろうが！」

『そうだよ。改装責任者のお前にすべて任せると言ったじゃないか』

畳に寝っ転がっている天帝が、面倒くさそうに目を開けた。

『昼間の戦闘で見ていただろ。メルンは具合最悪なんだ、もう寝かせておくれ』

「注文しておいたアリス様用のクローゼットが届いてないぞ！」

『いま手配させてるってば』

そして大あくび。

『わかったかい？　わかったならメルンはもう寝――』

「天帝！　天帝！　わたくしのぬいぐるみはどこですの⁉」

続いてシスベル参戦。

目を閉じかけた銀色の獣人に駆けよって。

「わたくし、ぬいぐるみが無いと眠れませんの。注文してよいですか！」

『……好きにしな』

「ならばカーペットとソファーもいいですか！」

『…………もう寝る』

「あ⁉　ちょっとこら！　わたくしの話は終わってませんわよ！」

獣人が丸まって寝っ転がる。

その肩をシスベルが揺さぶる光景を目の当(ま)たり(あ)にして、ジンがぼそりと「ペットにじゃれつく子供がよ」と呟(つぶや)いたのにはイスカも全面的に同感だ。

「で、どうすんだイスカ」

「どうって？」

「俺らが見張ってなきゃいけねぇのが三人。そのうち二人がここにいてあと一人が見当たらねぇ。ソイツをどうする？　監視がいないからって悪さする輩(やから)でもなさそうだが」

「……アリスリーゼ王女だろ。たぶん大丈夫だとは思うけど」

アリス、と。

危うく慣れた呼称を使いそうになったのは、もちろんジンには秘密だ。

「じゃあ僕がいく。ジンはここでシスベルと燐を任せるよ」

「いいのか？」

「暴れだすようなことはないと思う。何かあったらすぐ連絡するよ」

まだ騒ぎ続ける燐とシスベルを横目に。

イスカは、天帝の間を後にした。

3

天守府四階の一画──

プレートに「翡翠（ひすい）の間」と銘打たれた大部屋の隅で。

アリスはうずくまり、無言で天井を見上げていた。

「…………」

のしかかるのは気怠（けだる）い無気力感。

何だろう。

何だろう、この、今まで味わったことのない喪失感は。

〝帝国打倒よ。わたしがあの国を倒して、誰も迫害を受けない世界を作る〟

ずっと夢見ていた。

帝国を倒せば、星霊使いが迫害を受けない世界が生まれると。

なのに——

〝帝国を倒したとすれば、それは強い星霊使いのおかげよね？〟

〝皇庁の星霊至上主義はむしろ加速する。弱い星霊使いは、ますます立場が小さくなるわ〟

矛盾を突きつけられた。

ネビュリス皇庁という国が内包する、打倒帝国という輝かしい「正義」の陰に隠された星霊使いの待遇差。

皇庁にも、虐げられている星霊使いはいる。

打倒帝国を果たしたところで、その現実は変えられるどころか悪化していくと。

自分は言い返せなかった。

もちろん姉の言葉がすべて正論だなんて思わない。ただ一瞬、姉の言葉に「そうかも」と心が揺らいで言葉に詰まってしまった。

それが悔しいのだ。

昔からわかっていた。

姉イリーティアには勝てないと。

頭が良すぎる。美貌も、気品も、教養も、社交性も。

姉はすべてを持っていた。それと比べて自分(アリス)の唯一の取り柄だった星霊も、姉はそれをも上回る力を手に入れてしまった。

…………けれど本当に？

本当に、それが悔しい理由なのかアリス？

違うだろう。

自分がもっとも大きな衝撃を与えられたのは——

〝あなたはずっと一人で戦ってきた〟

〝アリス、あなたには、あなたの隣で戦ってくれる騎士がいるかしら？〟

才覚や感性、理想。

そうしたもの以上の、あまりに大きな格差を突きつけられた気がした。

……わたしが一人？

……そんなはず……ないわ。

自分は一人ではない。女王（はは）もいれば燐もいるし、慕ってくれる配下がいる。

けれど――

姉はそういう話ではないと言っていた。

家族や従者は、姉のいう「騎士」とは程遠い。騎士とはいつだってどんな時代（とき）だって、姫を守ってくれる象徴なのだと。

それがわからない。

「……お姉さまは……何を言ってるの……？」

自分が守られるなんて考えたこともなかった。

だって自分は王女だから。誰よりも強くなって、自分がみんなを守ることが理想だと思っていた。だから強くなりたかった。

その決意が——

根底から覆(くつがえ)された。

〝あなたは強すぎた。一人で戦ってきた〟

〝だからあなたの隣に騎士はいない。それが私に勝てない理由〟

姉には確かにいた。

帝国の使徒聖という最強の護衛がいた。自分には理解できないが、二人がとてつもなく強い信頼関係で結ばれていることも伝わってきた。

……あの護衛を騎士と呼ぶのなら。

……たしかに今のわたしには……

強い力。

強い騎士。

その両方を有する姉に、自分はいったいどうやって立ち向かえば——

「っ！」

トン、と。

突如扉がノックされる音に、アリスはビクッと顔を上げた。

燐かシスベルだろう。なかばそう思い込んで気を弛めていた自分を、一瞬後、アリスは心の内で猛烈に叱りつけた。

入ってきたのは、帝国兵の少年だった。

「……イスカ？」

＝＝＝

一歩、部屋に入って――

賓客用のベッドやクローゼットもまだ運びこまれていない。改装前のがらんどう同然の部屋に彼女はいた。

広々とした部屋の隅っこに、うずくまるように。

「……イスカ？」

慌てて彼女が立ち上がる。

そんな彼女の両目が赤く腫れているのに気づいた時には、イスカは咄嗟に言い訳を口にしていた。

「あ、いや違うんだ。……ごめん、その……僕にも立場があるから」

アリスが泣いていた？

見てはいけないものを覗(のぞ)き見(み)した気になるあまり、見張りという義務感以上に、異性の部屋に押し入ったことへの罪悪感が芽生えてしまった。

「なんでキミが謝ってるのよ」

アリスが弱々しく微笑。

赤く腫れた目尻をさっと指先で払ってから。

「ここは帝国領。しかも天帝の住まいでしょう？　氷禍の魔女を警戒して腕利(うでき)きの兵士を見張りに据えるのは当然よ」

「……話が早くて助かる」

「身の程はわきまえてるわ」

アリスが嘆息。

先ほどまでの弱々しい表情から一転、気丈で可憐(かれん)ないつものまなざしへ。

「天帝は、燐(リン)とシスベルの身の保障をしてくれると約束したわ。それが守られるかぎり、わたしも大人しく振る舞うつもりでいるわ」

彼女(アリス)の目的は、天帝から姉イリーティアの変貌の経緯を聞くこと。

……そして姉の打倒だ。

……姉が皇庁を滅ぼそうとしているから。

アリスの滞在はおそらく数日。

その数日間、機構I師に異動した第九〇七部隊が監視にあたることだろう。

ただ、気になる。

アリスの目元が赤く腫れていたワケは？

不自然にならない程度の黙考で、イスカがかろうじて思いついたのは「帝国に囚われたゆえの王女の屈辱」だ。

アリスは皇庁の王女だって矜持を持っている。

……帝国に囚われた。籠の中の鳥って考えたら、悔しいのも当たり前か。

それが理由だと自分は思った。

「天帝陛下からも、あと璃洒さんからも言われてる」

彼女と向き合って。

精一杯、言葉をとり繕った。

「今のアリスは客人として扱えって。だからその……気を悪くしないでほしい」

「――――」

アリスが押し黙る。

と思いきや、ふっと口元をやわらげて噴きだした。

「それってキミ流の気遣い？」

「え？……いや僕は……」

「そうじゃないの」

少女の声が、小さく震えた。

紅玉色（ルビー）のまなざしが床へと落ちて。

「お姉さまが言ってたの。わたしは一人だって」

「一人？　どういうことさ、燐は？」

「違うのよ、お姉さまが言ってたのは——っ……！　い、いえ、何でもないわ！」

少女がハッと目をみひらいた。

なぜか、みるみると頬を赤く染めながら。

「キミに言えるわけないでしょ！」

「いま言いかけてたじゃん」

「これはわたしの問題なのよ！　だ、だってその……こんなことキミに言ったら……」

「言ったら？」

「言えるわけないでしょ！」

「どっちだよ⁉」

イスカ視点ではますますワケがわからない。

物思いに耽（ふけ）っていた理由が姉の事であるとは察しもついたが、なぜかアリスは意固地になって教えようとしない。

「もう何なのさ……あれ？」

通信機に着信。

ジンからではない。通信先はミスミス隊長だった。

『イスカ君、大変だよ！』

「どうしたんですか隊長」

『アリスさんが中央基地で暴れだしたんだって！』

「はい？」

耳を疑った。

『いま中央基地の屋内演習場！　数人の兵士を捕虜にして立てこもってるって！』

「待ってください隊長」

『大至急そこに向かって！』

「彼女なら、いま僕が目の前で見張ってます」

『……あれ？』

ミスミス隊長が首を傾げる仕草が、通信機ごしでもありありと想像できた。

『イスカ君が見張ってる？』

「ええ。何ならこの会話も聞いてますよ」

イスカが横目で見やった先に、「わたしここにいるけど……」と言わんばかりに無言で自らを指し示すアリス。

『！　ってことは人違い⁉』

「人違いってどういうことです？　そもそもアリスだって思った理由は……」

『司令部から緊急連絡なの！　捕獲した魔女が暴れて脱走したって。しかもそれが純血種だっていうから、アタシてっきりアリスさんだとばかり……』

「アリスではないです。別人かと」

だが何者だ？

司令部からの連絡を信じるなら拘束済みの純血種。だが連行したゾア家の精鋭は誰もが昏睡状態で運ばれて——

「っ、まさか！」

一人いるではないか。

壊滅したゾア家の精鋭たちの中で、一人だけ逃げのびた純血種が。

「隊長！」

通信機に向かって叫んだ。

「僕が今すぐ行きます。他の兵を全員遠ざけて！」

『え？　だ、大丈夫なの⁉』

「隊長の言うとおり危険な純血種なのは間違いありません。戦車もミサイルも通じない、戦力をそぐだけ犠牲が膨らむだけです！」

棘の星霊使いキッシング。

仮面卿らと共に搬送されたが、あの少女の力をもってすれば鋼鉄の扉も隔壁も無意味に等しいだろう。

「こんな時に……！」

通信機を手に、イスカは身を翻した。

一瞬――背を向ける寸前に、アリスが何かを言いたげにこちらを見つめていた。そんな気がした。

ただそれを確かめる余裕もなく、イスカは部屋を飛びだした。

彼(イスカ)が走っていく。

わたしを一人部屋に残して。

氷禍の魔女という危険な敵を放置していいのかとも思うが、これが彼なりのわたしへの信頼のメッセージなのだろう。


───────


「…………」

足音が聞こえなくなる。

もともと彼(イスカ)の気配は驚くほど静か。以前にも燐が似たようなことを言っていた記憶があるが、その気配が完全に消えるほど遠くに行ってしまった。

また、一人。

部屋に残されたアリスの脳裏に、再び姉の言葉が蘇(よみがえ)った。

〝これは魔女と騎士の話〟

〝これが私たちの違い。私の隣には騎士がいる〟

壁に背を預けて、胸に手をあてる。

奥歯を噛（か）みしめて。

絞りだすように紡（つむ）いだ言の葉は。

「…………言えるわけ……ないじゃない……」

ついさっき。

アリスは口が裂けても彼（イスカ）には言えなかった。

姉に何を言われたのか。

——魔女には、魔女を守る騎士が必要なのだ。と。

彼（イスカ）の顔を見た瞬間だ。

頭のなかに「もしもの未来」が浮かんでしまった。

……さっきの瞬間、わたしがもし一緒に戦ってほしいって言っていたら？

……わたしの騎士になってと口にしていたら？

都合のいい願いだが——

彼（イスカ）ならば一緒に戦ってくれるかもしれない。そんな気がしてしまったのだ。

だから、言えなかった。

一つの関係の終わり。

彼(イスカ)との完全な共闘関係を望んだ瞬間に、きっと何もかもが変わってしまう。

魔女と騎士の関係。

そしてその瞬間に――

わたしたちは好敵手(ライバル)という関係ではなくなってしまう。

それが怖かった。

今の心地よい関係が崩れてしまうことが、彼(イスカ)を前にして怖くなったのだ。

両膝を立てて、そこに額を乗せて。

「…………」

「……言えるわけないじゃない」

アリスは、消え入りそうな声量でそう呟(つぶや)いた。

4

夜風が激しさを増していく。

中央基地に到着したのは夕刻。その時には芝生がそよぐ程度の微風だったものが、いま、木立が斜めに傾くほどの勢いになっている。

「……ここか⁉」

太陽の沈んだ時刻。

真っ暗な暗雲が空を覆い尽くすなか、煌々と明かりがついた二階建ての巨大施設がそこにあった。

「っ！」

帝国軍、屋内演習場。

そのゲートが跡形もなく消滅していることに、イスカは息を呑んだ。

扉も鍵も、監視カメラも周囲の壁も何もかもが、まるで巨大な消しゴムで消されたかのように消えてしまっている。

棘の星霊による物質消去。

その凶悪極まりない破壊力に、改めて純血種の脅威を思い知る。この星霊の前では帝国軍のあらゆる要塞が意味をなさない。

……僕が戦った時は峡谷という大自然の中だった。

……わかっちゃいたけど、この星霊を都会で暴れさせたら終わりだ！

演習場内部――

そこには広大な荒野を再現した環境が広がっていた。

灰色の砂と、硬い岩盤の急斜面。

イスカが見上げるほどの大岩がいくつも連なり、山嶺のような景観を描いている。

「――待ちくたびれました」

響きわたる可憐な声。

イスカが振り向いた先で、屋内演習場の天井がぽっかりと綺麗にくり貫かれ、そこから夜空が覗いていた。

月明かり。

その少女は、月を背にして佇んでいた。

「キッシング・ゾア・ネビュリス九世と申します」

黒髪の少女が振り返る。

眼帯はない。星紋を宿した双眸がうっすらと輝いている。

「キッシングと呼ばれます」

「知ってる」

「不平等です」

「……？」

互いに無言で視線を交わすこと数十秒。ようやくイスカは、それが「お前の名を教えろ」という催促であることに気づいた。

「僕の名を教えろと？」

「光栄に思ってください。わたしが叔父さま以外の名を覚えるの、初めてです」

「……イスカ」

「ではイスカ」

少女が両手を広げた。

ざわっ、という虫の羽音のごとき気配。棘の純血種キッシングの頭上に、演習場の天井を埋めつくす無数の黒い針が顕現した。

「わたしと戦争をしましょう」

Chapter.6　『たとえ月が砕けても』

幻想的とも言える光景だった。

黒髪の少女が、青白い月明かりに照らされて朧気に浮かび上がる。

可憐で。儚げで。

だが――

そんな彼女の周囲に現れた無数の「棘」が、そうした印象とは似ても似つかぬ極悪な力を秘めていることを自分は知っている。

「戦争だって？」

「わたしは星霊使い。あなたは帝国兵。出会ったからには戦争をするものでしょう？」

「…………」

「一つご安心を」

棘の純血種キッシングが、輝く瞳でこちらを見つめてきた。

「ここに来るまで帝国兵は傷つけていません。建物は多少壊しましたが」

「っ⁉」

耳を疑った。

まさか皇庁の純血種からそんな言葉が発せられるとは。

「……僕を混乱させる気だとしても、その真偽はすぐにわかる」

「わたし嘘(うそ)はつけません。嘘はダメだよと叔父さまに教育されましたから」

「なら、なぜだ？」

「わたしの狙いがあなた一人だからです」

復讐(ふくしゅう)か？

星脈噴出泉(ボルテックス)をめぐるミュドル峡谷の戦闘。その報復で自分(イスカ)一人を狙ってきた？

……いや、それじゃ説明がつかない。

……僕を狙うという理由で、僕以外の帝国兵を遠ざける理由にならない。

真意不明だ。

厄介なのがキッシングの振る舞いだ。アリスや燐(リン)とは違う。この少女は戦闘時でもほとんど表情が揺れない。感情が読めない。

「お前の狙いは……」

「能力解放」

棘が集束。

何千本という棘が空中の一点に凝縮し、そこから何かが現れた。

「再結合」

「っ！」

棘の星霊術の隠し技。

最後に分解消滅させた物体を結合できる。ミュドル峡谷では、帝国軍の短距離ミサイルを再結合して大爆発を引き起こしてみせた。

「あらかじめ消去しておいたのか⁉」

一切の躊躇いなく、イスカは全身全霊でもって飛び退いた。

ここは帝国軍の基地だ。倉庫には大威力の爆発物がいくらでも保管されている。それをあらかじめ奪っていたとすれば――

爆炎警戒。

炎を想定して構えるイスカの眼前で。

……コロコロ、と。

地面に転がったのは拳大の投擲物だった。それは爆発物ではなく――

「閃光手榴弾っ⁉」

やられた。

爆発物と察してソレを凝視してしまったイスカが察したと同時、再結合された十個もの閃光手榴弾（スタングレネード）が同時に炸裂（さくれつ）。

閃光（せんこう）と、爆発音。

至近距離で溢（あふ）れた光の洪水に呑まれ、イスカの視界が白に染まった。

——まさか。

これほど強大な星霊使いが、目眩（めくら）ましという搦（から）め手（て）を用いるとは。

「炎も爆発も避けられる。だからたくさん考えました。あなたを仕留めるのにオン叔父さまならどうするだろうって」

「……ぐっ⁉」

キッシングという純血種への印象を、百八十度切り替える。

アリスや始祖とは違う。

この少女は「策」を用いる純血種だったのだ。仮面卿（きょう）の計略さながらの——

「星霊拡張」

凝縮していた棘が、弾（はじ）けた。

何千という棘が何万という棘に細分化し、屋内演習場の宙を埋めつくしていく。

「星となれ」

一瞬の間を隔て――

宙に停止した棘が、地上めがけて降りだした。

流星群。

凄まじい加速で降る星霊の棘が、演習場にあるもの全てに次々と突き刺さっていく。

大岩に刺されば、大岩が消滅。

壁に刺されば、壁にぽっかりと空洞が。

地面に刺されば、地面にすり鉢状の大穴が。

何もかもが分解されていく。

ただし星霊術そのものを斬る星剣だけは、物質消去の枠外だ。

「はっ！」

降りそそぐ棘めがけ、イスカは足を踏みだした。

その場でくるりと旋回。

斜め上から降ってくる針の隙間、わずか数十センチを縫うように駆けぬける。一歩一瞬たりとも止まらない。

正面から降りそそぐ針を、黒の刃で一刀両断。

さらに頭上の死角から降る針を、振り向くことなく黒の刃で薙ぎ払う。

「うそ……」

黒髪の少女が後ずさる。

信じられない光景を見たとでも言うような、気圧されかけた表情で。

「目、見えてるの」

「今ようやく見えだした」

「——っ!?」

「この棘が初めて見たものだったなら食らってた」

閃光手榴弾の光で視覚を奪われた。

その朧気だった視界がようやく鮮明さを帯びてくる。

降りそそぐ無数の棘。

それは、喩えるなら空中から無数の機関銃に狙われているようなものだ。

——ただし撃ち手はキッシング一人。

だから走るのだ。

キッシングが棘の弾丸を操るのなら、キッシングが銃の照準を絞りきれない高速で走り続けるまでのこと。

ゆえに当たらない。

キッシングがイスカめがけて棘を撃った瞬間には、既に、イスカはその場所から遥か前方まで駆け進んでいるからだ。

「……来ないでっ！」

キッシングの声が強ばった。

両手を前に突き出して、弱々しい声を精一杯振り絞ろうとする。

「棘の行進、『森羅万――――……』」

「止めろ」

「っっっっ！」

少女がビクンとふるえた。

首元に触れる硬い異物感。術を発動する寸前に懐へ飛びこんだイスカが、黒の刃を突きつけたのだ。

だが星霊の棘は、まだ宙に残っている。

「術を止めろ」

「お訊ねします」

「要求してるのは僕だ」

「あなたならイリーティアに勝てますか？」

「……何だって？」

「降伏します」

刃を突きつけたイスカの眼前で。

頭上を旋回していた棘が地面にはらりと落ちていく。消えていくのではない、何千本という棘が地面に落ちて整列していくではないか。

「あなたの力を確信したかった。その非礼はお詫(わ)びします」

降伏の証(あかし)——

自らの銃を地に落とし、無抵抗を表す軍人さながらに。

「イスカ。あなたに戦略的互恵(トレード)を申し出ます」

黒髪の少女がしゃがみこんだ。

その場で膝をつき、頭(こうべ)を垂れて。

「あの魔女(イリーティア)を一緒に倒してください。わたしの棘をすべて差しだしますから」

Epilogue　『天帝(あなた)の見た夢』

ユンメルンゲンは夢を見た。
これは夢。
そうわかっていても何一つ抗(あらが)えぬ、目覚めることもできない悪夢。
だからこそ察した。
これは星霊が、自分に見せようとしている正夢なのだと。

落ちていく。

夢のなかで――
ユンメルンゲンは、何百メートルも何千メートルも地の底へと沈みつつあった。
昏(くら)き海底に沈んでいくように。
地上の舗装路も、地盤も、岩石も、溶岩も。何もかもすり抜けて地底深くに沈みこんでいく自分。

『クロ⁉』

怖くなって名を呼んだ。

真っ暗な地の底へ、孤独に沈んでいくことが怖くて、地上に向かって手を伸ばす。

『クロ⁉　助けてよ、メルンはここだ……！』

応えはない。

自分が最も信頼する男は駆けつけてはくれなかった。

当然だ。これは星霊に見せられている夢。星霊が望むまま、一人で地の底へと沈んでいく以外にない。

『っ』

突如、光が差した。

地底深くに潜っていくユンメルンゲンの眼下で、赤、青、緑、白、黄、紫……数えきれない無数の輝きが昇ってきたのだ。

――星脈噴出泉(ボルテックス)。

星の中枢から生まれ、地底を昇って地表に噴きだす星霊エネルギー。

すなわち星霊たちの大移動。

しかしなぜ星霊は、こうも地上へ向かって移動する？

『……逃げだしたんだ。八大使徒。お前たちもそれを知っていたはず……』

星霊たちは怯えているのだ。

本来の住処である星の中枢を飛びだして、星の地上まで逃げてきた。

それこそが星脈噴出泉の正体。

星霊は星の中枢から離れれば単体では存在できない。だから星脈噴出泉から噴きだした星霊は、地上にいた人間に取り憑くしかなかった。

では——

星霊は何から逃げてきた？

『……星霊……お前たち、メルンにこれを見せたかったんだろう……』

肉体に宿る星霊が教えてくれる。

天帝ユンメルンゲンに宿った星霊は「星の防衛機構」。だからこそ星の危機に誰よりも敏感に警鐘を訴えてくる。

いる、と。

地の底へと沈み続け、星の中枢へと辿(たど)り着いたその深淵(しんえん)に――
この星にいてはいけない存在(モノ)がいる。
『……そこか！』
いた。
辿り着いたのは星の深淵。
灼熱(しゃくねつ)の溶岩をゆりかごにして――

ドクン、ドクンと胎動する異形の「星霊のようなもの」。
剝(む)き出しの心臓のごとく蠢(うごめ)いている。
鋼鉄をも溶かす溶岩のなか、いまも悠々と眠り成長し続けている。
星の民が「星の終末(ワールドエネミー)」と恐れた災厄。
すなわち星の大敵。
その名は。
『……*La Selah Milah Uls*(ラ セラ ミラ ウルス)……』
その名の由来はユンメルンゲンも知らないし、災厄の名を調べる気もない。

最も忌(い)むべきは——

この災厄は、人間と星霊を、異形の怪物(エネミー)に変貌させる。

人間から堕天使ケルヴィナへ。

人間から魔女ヴィソワーズへ。

人間から魔女イリーティアへ。

星霊から地の虚構星霊(エイドス)へ。

星霊から海の虚構星霊(エイドス)へ。

何もかも異形に変えてしまう。

星霊たちは、それを恐れて星の中枢から逃げだしたのだ。

『……お前が元凶だ』

はるか深淵で蠢く異形を睨(にら)みつけ、ユンメルンゲンは犬歯を剝き出しにした。

この災厄さえいなければ——

そもそも星脈噴出泉(ボルテックス)という現象は起きなかった。星霊が逃げだす必要がなかったからだ。

星霊は星霊で。

人間は人間でいられたのに。

『……っ！』

ずきんと胸が痛む。

夢の中のはずなのに、この痛みは幻覚じゃない。

そうだ。

自分もこの力に取り憑かれている。だからこの姿に変貌したのだ。

すべての星霊と星霊使いは、この災厄に勝てない。

『……わかってるさ』

胸を押さえながら、眼下の災厄を睨みつける。

『……お前はメルンのことなんか敵とさえ見なしちゃいない』

この怪物は――

自分がこんな夢を見ていることなど、気にも留めていないに違いない。

これほどの恐怖と悪夢をばら撒いておきながら。

すやすやと力を蓄え続けている。

ならば——

『寝ているがいいさ』

自分はこう言ってやろう。

思うさま星霊と人間とを蹂躙(じゅうりん)してきた災厄へ。

『お前が力を蓄えてきた何十年何百年の間に、人間だって何世代も生まれ変わる……いや生まれ変わってきた！』

現れると信じてきた。

きっと見つけてみせると誓ったのだ。

この百年間で。

『……メルンではお前に勝てなくても……だ……！』

始祖ネビュリスではない。

黒鋼(くろがね)の剣奴(けんど)クロスウェルでもない。

この災厄に抗えるのは、ただ一つの星剣とその継承者。

そして——

願わくばそれを支える者たち。

『覚えておけ、必ずお前の喉元に食らいついてやる！　星の大敵(ワールドエネミー)！』

「――――天――――天帝――――天帝？」

「――天――」

肩に微(かす)かな触感。

それが肩を叩(たた)かれている衝撃だと気づいたのは、ユンメルンゲンがうっすらとまぶたを開けた後のことだった。

「……あの、すっごい怖い顔してますが……？」

ストロベリーブロンドの髪の少女が、怖々とした表情でこちらを覗(のぞ)きこんでいた。

どうやら自分の寝顔を観察していたらしい。

『なんだシスベル王女。メルンは寝ると言ったじゃないか』

「で、ですから！　その寝顔がとっても怖いから変だと思ったのです！　歯を食いしばって何やらブツクサ口にしてましたし！」

『……ふぅん』

あんな夢を見せられたのだ。

寝顔だってそれは怖くなるのも当然だ。

『まあいっか……んー』

一度身体を伸ばし、勢いよく起き上がる。

自分でも驚くほど眠気がない。

起こされたせいか、それとも悪夢から解放されたからか。

『よし目が覚めた。シスベル王女、お前の姉を連れておいで。あと可笑しな従者も』

「アリスお姉さまと燐ですか？」

『ああ、あと第九〇七部隊の四人も』

「……好奇心でお訊ねしますが、何のために？」

『夢の話だよ』

不思議そうにこちらを見つめる王女へ、ユンメルンゲンはアクビを噛み殺しながら。

『メルンが見た夢の話をしてあげる。この星の元凶の話をしよう』

あとがき

〝ではイスカ、わたしと戦争をしましょう〟

『キミと僕の最後の戦場、あるいは世界が始まる聖戦』（キミ戦）、第12巻をご覧いただきありがとうございます！

まずは大変お待たせいたしました。

ある嬉しい発表（後述）と刊行時期を合わせるため通常ペースより少しお待たせしましたが、11巻に続いてこの12巻も物語がぐっと進んだ気がします。

帝国皇庁ともに勢力図が大きく動いて――

その中で最も大きな変化が起きたのが、月の王女だったかなと。

強力な純血種として2巻から登場したものの、その内面はここまで描かれることがほとんどありませんでした。

そんな少女が初めて、仮面卿以外の「名」を口にして……

これがどんな成長をもたらすのか、こうご期待です。

そしてアリスも――
姉との対峙、そして姉の言葉をアリスがどう受けとめていくのか。この続きも思いきり盛り上げていきますので、ぜひ楽しみにしてくださいね！

さて……

本編のお話はこれくらいにして、今回は一つお知らせがあります。

それも最高に嬉しいお知らせが。


『キミ戦』、アニメシリーズ続編制作が決定です！


このあとがきに先立ち、公式サイト等でも十月一日に発表が行われました。

コレを書いているのがまだ九月なので公式発表の雰囲気は想像しかできないのですが、きっと多くの方に驚いてもらえるお知らせでは⁉

思えば、アニメ第一期の放送がちょうど一年前でした。

もちろん放送前は続編も未定だったのですが、アニメ放送をたくさんの方が応援してくれたおかげで今回の続編制作が決定となりました。

細音もお話を聞いて本当にビックリしました！

アニメを視聴してくれた方々、Twitterで感想を呟いてくれた方々、アニメBD／DVDやグッズを記念に買ってくださった方々――

そして何より、こうして小説を応援してくださっている「あなた」に、この場を借りて御礼申し上げます。

本当に、本当にありがとうございます！
※アニメ続編の情報は一期同様、キミ戦公式Twitter（https://twitter.com/kimisen_project）からお知らせになります。この機にフォローもぜひぜひ！

さて、『キミ戦』のお話はここで一度区切って。

別シリーズのお知らせです。

アニメ続編が決定して『キミ戦』は変わらず絶好調ですが、もう一つ応援していただきたい物語がありますのでご紹介させてください！

▼MF文庫J『神は遊戯に飢えている。』、3巻発売中！
人類vs神々のファンタジー頭脳戦。

人類側の勝利条件は「神々に頭脳戦(ゲーム)で十勝すること」。有史以来、完全攻略者いまだ0(ゼロ)。

そんな不可能に挑む少年の物語——

読者投票のラノベニュースオンラインアワードで2巻連続選出など好評をいただいている本作が、嬉しいことに月刊コミックアライブでコミック版が連載開始です！

今年始まったばかりの新しい作品なので、ぜひぜひ『キミ戦』と一緒に応援していただけたら嬉しいなと！


というわけで、あとがきも終盤です。

お世話になった皆さまへ。

猫鍋蒼(ねこなべあお)先生——遂(つい)に！　ということで満を持しての始祖ネビュリスの美麗なイラストをありがとうございます！

思えばイスカとアリスの初めての共闘が、この始祖戦でした。

そんな大ボスがついに表紙に……この物語もいよいよ後半戦に突入だなと改めて感じました。ヨハイムとイリーティア新衣装のデザインも最高に素敵でした！

アニメ続編も決定しまして、今後ともよろしくお願いします！

担当のO様とS様——

原作小説はもちろん、アニメ第一期に引き続き続編も担当していただけることが最高に心強いです。今年も来年もさらに『キミ戦』を盛り上げていきたいので、お力添えのほどよろしくお願いします！

と――

いつもならここで謝辞も終わりですが、今回はあと一グループ。

アニメ第一期の制作陣の皆さま。

この『キミ戦』は細音にとっても初のアニメ化作品です。それを最高以上の最高のクオリティでアニメ化していただいたことが本当に嬉しくて光栄で、一生の記念です。

あらためて、本当にありがとうございます！

ではでは、最後に次回予告を――

次回、『キミ戦』13巻。

剣士イスカと魔女姫アリスの物語。

帝国に残る決意を下したアリス。

そんなアリスの監視役として振る舞うイスカ。弥が上にも互いを意識してしまう二人の、不慣れな帝国生活が幕を開ける。

一方で、天帝ユンメルンゲンが二人に告げた「秘密」が、さらなる戦火を予感させる。
帝国でも皇庁でもない「禁断の地」に向かった二人が見たものは――

22年冬頃、ＭＦ文庫Ｊ『神は遊戯（ゲーム）に飢えている。』４巻。
22年冬頃、『キミ戦』13巻。
こちらで、またお会いできますように！
次巻も思いきり物語が進むので、どうかご期待くださいね！

夏と秋の狭間（はざま）に　細音啓（さざねけい）

次回予告

アリス様、アリス様どこですか？
……なにっ。帝国剣士と外へ出ていっただと？

すべてはイリーティア打倒のために——
月の王女はイスカを訪れて共闘を誓う。
時同じくして。いまだ姉の言葉に揺れるアリスは、
天帝から一つの命令を下される。

帝国でも皇庁でもない、禁断の地へ向かうがいいと。
至高の魔女と最強の剣士の舞踏、第13幕

イスカ、キミは誰かの騎士になりたいって思ったことある？

キミと僕の最後の戦場、
あるいは世界が始まる聖戦 13

今冬発売予定

キミと僕の最後の戦場、あるいは世界が始まる聖戦12

令和３年10月20日　初版発行

著者――細音　啓

発行者――青柳昌行

発　行――株式会社KADOKAWA
〒102-8177
東京都千代田区富士見2-13-3
0570-002-301（ナビダイヤル）

印刷所――株式会社暁印刷

製本所――本間製本株式会社

ISBN978-4-04-074078-2 C0193　◇◇◇

世界最強の

“不可能任務”に挑む少女たちの

痛快スパイファンタジー！

スパイ教室

竹町

illustration

トマリ

ティナ
四大公爵家の
ひとつ、ハワード家に
生まれた公女殿下。
なぜか誰でも扱える
程度の魔法すら使う
ことができない。
変える
はじめましょう
アレン
公爵令嬢ティナの
家庭教師を務める
ことになった青年。魔法
の知識・制御にかけては
他の追随を許さない
圧倒的な実力の
持ち主。
発売中！

公女殿下の家庭教師

Tutor of the His Imperial Highness princess

あなたの世界を魔法の授業を

STORY 「浮遊魔法をあんな簡単に使う人を初めて見ました」「簡単ですから。みんなやろうとしないだけです」 社会の基準では測れない規格外の魔法技術を持ちながらも謙虚に生きる青年アレンが、恩師の頼みで家庭教師として指導することになったのは『魔法が使えない』公女殿下ティナ。誰もが諦めた少女の可能性を見捨てないアレンが教えるのは——「僕はこう考えます。魔法は人が魔力を操っているのではなく、精霊が力を貸してくれているだけのものだと」常識を破壊する魔法授業。導きの果て、ティナに封じられた謎をアレンが解き明かすとき、世界を革命し得る教師と生徒の伝説が始まる!

シリーズ好評

ファンタジア文庫